江戸の闇風
黒桔梗裏草紙

山本巧次

江戸の闇風

黒桔梗裏草紙

目次

第一章

一

「待ち得て今ぞ時にあう……関路をさして急がん、むかしむかし往昔噺《むかしばなし》の其様《そのよう》に、しばしば似たる柴刈りも……」

神田仲町《かんだなかちょう》の長屋の一隅から、今日も常磐津の唄と台詞が流れ出している。声の主は、もう五十を幾つか過ぎていた。両替屋の主人として長年励み、今は成長した倅《せがれ》に商いの半分を任せ、残りを趣味事に費やす日々である。澄んだ三味の音が、時々狂いかける節回しを追って、優雅に流れていた。

「……杖を力にたどたどと、関扉《せきのと》近く歩み寄る」

「はい、そこまで」

お沙夜《さよ》は爪弾いていた三味線を止めた。長い台詞を何とか終えた大高屋《おおだかや》藤兵衛《とうべえ》は、ふうっと大きな息を吐き、額の汗を拭った。

「いやいや、これはまだ修業の道は遠そうですな」

何度も高い音が掠《かす》れ、途中から節回しも覚束なくなった大高屋は、自嘲気味に言った。

「まだ四度目でございますもの。先日よりは間違いなく、良くなっていますよ」

お沙夜は微笑みを向け、再び三味線を構えた。

「あの、しばしば似たる柴刈りも、関屋守《も》る身の片手業、のところですけど、このように」

お沙夜は三味線を弾きながら、その一節を流してみせた。玉を転がすような声に、大高屋はうっとりとした表情になった。

「いやあ、さすがは文字菊師匠、素晴らしいお声です。私など、この『関の扉《と》』を終えて『善知鳥《うとう》』に移るまで、どれほどかかることやら」

「まあ何をおっしゃいます。皆様、初めはこつを摑むのに苦労なさいます。大高屋さんなど、出だしとしてはまず上々でございますよ」

文字菊と呼ばれたお沙夜は、大高屋を持ち上げるように言った。文字菊とは常磐津師匠としてのお沙夜の名だ。年の頃は二十四、五、吸い込まれるような瞳に細面、艶っぽい唇。すらりとした立ち姿は一輪挿しを思わせる佇まい。座って三味を奏でれば、浮世絵の美人画から抜け出て来たかの如く。その微笑みには媚がなく、どこか気品のようなものさえ感じられた。それでいて、その眼差しの奥には凛とした強さが隠れているようで、男心をざわつかせる。

そんな次第で、お沙夜のもとには、暇と金のある粋人気取りの男たちが、弟子入りしようと列をなしていた。大高屋は伝手を頼って弟子入りを果たした、幸運な一人である。

「では今一度初めから、流してみましょうか」

「はい、お願いいたします」

大高屋は座り直して背筋を伸ばした。

それから小半刻《こはんとき》（約一時間）ほど続けて、大高屋の声がちょっと弱ってきたか、と感じ取ったお沙夜は、「今日はこれまでにいたしましょう」と告げ、三味線を置いた。

「ありがとうございました」

大高屋は畳に手をつき、師匠に丁寧に礼をした。お沙夜は、お茶をお淹れしますからお待ちを、と言って台所に立った。二間続きのこの長屋は立派な造りで、店賃《たな》もそれなりであり、お沙夜の他は稼ぎのいい職人や、大店の番頭風の者などが住んでいる。襖を半分閉めると、奥の座敷に座る客から台所が見えないのが、客の多いお沙夜には好ましかった。

碗に注いだ茶を盆に載せて出すと、喉が疲れたらしい大高屋は有難く口に運んだ。飲み干してほっと一息つくと、大高屋はお沙夜の三味線を指した。

「あの、一度お伺いしようと思っていたんですが、その桔梗は何か意味が」

お沙夜の三味線の胴の部分には、小さく桔梗の絵が描かれていた。紫色のその花は、飾り気の少ない三味線に興趣を添えている。あまり目立ち過ぎず、奥ゆかしげなところが洒落ている、と褒められることもしばしばだった。

「ああ、別に意味というほどでは。桔梗が好きなもので、目印代わりに。手拭いなども、桔梗の柄にしているんですよ」

「それは良うございますな。道具や小物を桔梗の柄で揃えるというのは、粋なご趣味で」

「ありがとうございます。自分でも気に入っておりまして」

お沙夜は袖を口元に当て、ほほっと笑った。大高屋の頬が、僅かに上気した。

「ところで大高屋さん、近頃の景気は如何でございましょう。うちに来られる方々も長屋の皆さんも、今一つ上向かない、とこぼしておられますが、両替屋さんの方々から見てもそうなんでしょうか」

「ふむ、左様でございますな」

江戸の景気が最も良かったのは、十五年余り前、天明の飢饉が起きる前頃のことだろうか。その頃、お沙夜はまだ子供だったが、町には新たな商売が次々生まれ、華やいだ雰囲気が漂っていたような、微かな記憶がある。その後、御上の改革があり、浮ついた世の中を引き締める、といった政《まつりごと》が為され、江戸の景気はすっかり萎んでしまった。その政を行った老中、松平越中守定信《まつだいらえっちゅうのかみさだのぶ》が任を解かれて二年になるが、景気はまだ元通りにはなっていない。

「気配のようなものはなくもないですが、盛り上がりにはまだまだ時がかかるかと」

大高屋は曖昧な言い方をしたが、要は見通しはまだ立たない、ということか。常に江戸・大坂の金の動きを見ている両替商の大高屋のもとには、市中だけでなく大名家や旗本らからも様々な話が集まっているはずだ。その大高屋にして楽観はまだできない、という様子なのだから、もう少しの間、不景気の風は止まないのだろう。

「お大名の皆様もいろいろとご苦労のようで、つい先日も常陸《ひたち》の磯原藩《いそはらはん》から八千両貸してほしいと頼まれましたが、お断りしたところです」

「まあ、八千両でございますか。お大名の方々も、何かと大変なのですねえ」

大名に金を貸す大名貸しは、うまく運べば旨味の多い商いだ。しかし、貸していた大名家が潰れたり、金を返せなくなって踏み倒されるという危うさも常にある。専ら大名家や札差を相手とする「本両替」である大高屋は、常に何件かの大名貸しを抱えていた。その額が合わせて何万両になるのかは、巷の人々には窺い知れない。

「以前からお付き合いのある藩ですが、さすがに初めての貸付で八千両となりますと、いささか」

「左様でございましょうねえ。夢のような大金でございますもの」

お沙夜は目を丸くしてみせた。

「でも、よろしいのですか。そのような大事な商いのお話を、私なんかに」

「いえいえ、文字菊師匠ですから安心できるのです。万が一にも外へお話しなさることはないでしょう。そういうお方はなかなか居ないもので」

大高屋は、本当に信用できる人間というのは少ないのだ、とでも言いたげに、じっとお沙夜を見た。

「私が師匠にどれほど信を置いているか、おわかりいただけますか」

おや、これは新手の口説き方だろうか。お沙夜は、まあ、と声を上げ、恐縮して俯《うつむ》いた。

「私などにそのような。もったいないことです」

まだここに出入りして数度というのに、大高屋はなかなかの入れ込みようだ。お沙夜は、軽くかわすことにして、鉄瓶から茶をもう一杯、注いだ。

「でもお断りになった藩の方では、お困りでしょうねえ」

話を戻してやると、大高屋もここは攻め時ではないと察したようで、咳払いした。

「そうですな。しかし、代わりの貸し手を見つけるでしょう」

「そんなに簡単に、次が見つかるのですか」

「さっき師匠もおっしゃったように、不景気ですから。貸せる金があるなら、大名貸しは相当な利が見込めます」

「でも、お大名の方も不景気でお金が返せなくなることは、ございますでしょう」

「それはそうです。ですから、その藩の事情、つまり返せなくなるほど行き詰る気配がないかを、しっかり見ておかねばなりません」

大高屋はそこで一息つき、茶を啜った。

「磯原藩のお殿様は、元御老中の水野《みずの》出羽守《でわのかみ》様の御養子、大和守《やまとのかみ》様と縁続き。大和守様は、これからもっとご出世なさるという評判ですから」

「ああ、ご出世なさりそうな方にお貸ししておけば、この先いいことがあるかも知れない、というわけですね」

お沙夜は手をぽんと叩き、笑みを浮かべた。大高屋も微笑んで頷《うなず》く。

「さすが師匠は察しが良いですな。その通りです。それで、八千両が用意できるなら貸そうという大店は、何軒か出て来るはずでして。現に、深川の材木屋さんが手を挙げようとされています」

「まあ、材木屋さんが、ですか」

「はい。本業の材木よりも大名貸しの方が儲かると思われたのかも」

そう言う大高屋の顔に、揶揄するような色が浮かんだ。その材木屋が大名貸しに出て来ることについて、あまり快くは思っていないのだろう。

「八千両お出しになる材木屋さんなんて、どちらのお店でしょう」

「ええ、甲州屋さんというお店です。あと七日ほど様子を見まして、他に誰も手を挙げないようでしたら磯原藩の御意向を確かめ、甲州屋さんに書状を出そうと……」

そこまで言って、大高屋も少し喋り過ぎたかと気になったようだ。

「ああ、これはどうも、すっかり話し込んでしまいまして。お邪魔をいたしました」

「いえ、とんでもない。どうぞごゆっくりと」

一応そう言ったが、大高屋は、「それではまた五日後でございますね、よろしくお願いいたします」と改めて丁寧に頭を下げ、帰って行った。お沙夜は長屋の木戸まで出て、丁重に見送った。

自分の家に戻ろうとすると、隣の障子が開いて、そこに住む職人、彦次郎《ひこじろう》が顔を出した。お沙夜は彦次郎を見ると、目で自分の部屋に来るよう合図した。彦次郎は小さく頷いて障子を閉めると、お沙夜の後に続いて戸口を入った。

「さてと。聞いてたかい」

さっきまで大高屋が座っていた座敷で、二人は向き合った。

「へい、おおかた聞いてやした」

お沙夜の問いに頷いた彦次郎は、三十一になる指物《さしもの》の職人である。独り身で、普段は、小間物をしまう引き出しや、手文庫、文箱などの小物を作っている。長屋の一間を板敷の仕事場にして、材料の板や道具類をたくさん置いていた。

「八千両とは、大したもんですね」

「大名貸しなら、一万両でも珍しくないけどね。材木屋がってのは、ないわけじゃないけど多くはないね」

お沙夜は長火鉢に寄りかかって肘を乗せ、足を崩している。先ほど大高屋の前で見せていた端正な様子とは、いささか趣きを変えていた。

「磯原藩、知ってるかい」

「確か常陸で二万五千石ほどだったと思いやすが。大高屋の話じゃ、水野大和守様と縁続きですって？」

「ああ、その通りだよ」

水野大和守忠成《ただあきら》は、九年ほど前、名門水野一族の末席に連なる旗本家から、水野本家の当主である元老中水野出羽守忠友《ただとも》の婿養子に迎えられていた。

水野出羽守は、失脚した田沼主殿頭意次《たぬまとのものかみおきつぐ》の一派に連なる。寛政の改革で田沼一派は遠ざけられていたが、松平越中守定信の老中罷免以後、また彼らが勢力を盛り返すのではないかと考える人々が、多数居た。水野出羽守自身は実直な人物で、田沼のように幕政を牛耳ろうという考えは持たぬと思われていた。一方、婿の大和守の方は今の公方様の御小姓を務めてその信も厚く、将来を嘱望されており、野心も充分にあるらしい。磯原藩主、林田主計頭吉房《はやしだかずえのかみよしふさ》は、水野大和守の実家の縁戚に当たり、昵懇《じっこん》の間柄と噂されていた。

「つまり、今のうちに林田様に恩を売っておけば、水野様が若年寄とか本丸老中なんぞに出世して林田様も引き上げられたとき、おこぼれに与《あずか》れる、ってわけですかい」

お沙夜の話を聞いた彦次郎は、腕組みしてしきりに頷いた。

「確かに、越中守様が倹約、倹約とうるさく言われたおかげで、景気はさっぱりだ。田沼様の頃はいい時代だった、って未だに言ってる年寄りは多いですからねえ。白河の清きに魚も住みかねて、元の濁りの田沼恋しき。そりゃあ、大店の旦那衆が水野様たちに肩入れするのもわかりますさぁ」

「そういうこと。欲の皮の突っ張ってる奴ほど、そういうことには聡いのさ」

お沙夜は、ふん、と鼻で嗤った。

「でも、大きな声で越中守様の悪口を言うんじゃないよ。越中守様の息のかかった連中は、まだ江戸中に大勢居るらしいからね」

大店の主人《あるじ》たちも、誰も彼もが改革に背を向けていたわけではない。松平定信に取り入り、深い関わりを持った者も、少なからず居る。それもこれも、商売を守るための知恵であった。他にも、改革への江戸町人の不満を探るため、多数の密偵が市中に配されているとの公然の噂もある。定信は職を辞したものの改革の行く末を案じていて、密偵たちはまだ仕事を続けている、と町人の間では囁きが交わされていた。

「そうでしたね。ま、触らぬ神に祟りなしだ」

彦次郎は、苦笑して額を叩いた。

「甲州屋って材木屋についちゃ、何か知ってるかい」

「ええ、多少は。深川中島町《ふかがわなかじまちょう》に店がありやす。材木問屋としちゃ、結構な大店ですがね」

彦次郎はそこで思わせぶりに言葉を切って、ニヤリとした。

「何かあるんだね。さっさとお言いよ」

「へい。甲州屋は、元は棚倉屋《たなくらや》って店だったんですよ。棚倉屋は七年前に火事になって、旦那とおかみさんと娘が亡くなったんです。甲州屋はそこへ婿入りするはずだったのが、そんなことになっちまって。で、番頭らが相談の上、甲州屋に店を継いでもらおうと決めたそうです。棚倉屋の看板は残したかったんでしょうけど、そうもいかなかったようで」

「火事の後、店を継いだ？」

お沙夜は眉間に皺を寄せ、首を傾《かし》げた。

「どうも都合のいい話じゃないか。臭うね」

「へへ、やっぱりそう思われやすかい」

彦次郎は上目遣いにお沙夜を見ている。早くもこの話に乗ろうという肚《はら》だ。お沙夜はもう一度頭の中で並べてみた。磯原藩、八千両、火事で潰れた店を引き継いだ甲州屋。三題噺ではないが、掘り下げてみる値打ちはありそうだ。

「甲州屋の周り、ちょいと嗅ぎ回っておくれな」

「ほいきた。そうこなくっちゃね」

彦次郎は手で膝を打ち、すっと立ち上がって「それじゃ、姐さん」と軽く頭を下げ、部屋を出て行った。

お沙夜は長火鉢の縁を指で叩きながら、思案を続けた。少々きな臭い感じはする。それでも、絡むのは八千両だ。

「ちょいと面白そうじゃない」

お沙夜は一人薄笑いを浮かべ、そう呟いた。

二

五ツ半（午後九時頃）の鐘が鳴った。行灯の灯りで手入れをしていた三味線を片付け、そろそろ夜具をのべようと腰を浮かせたお沙夜は、そこで動きを止めた。外で、足音がする。二人だ。長屋の住人は、もう皆、自分の家に入っている。こんな夜更けに訪ねて来る人が居るとは、何事だろうか。足音は止まらず、近付いて来る。目指しているのは、一番奥にあるこの家のようだ。お沙夜は、ちょっと身構えた。

足音が表の戸の外で止まり、軽く戸が叩かれた。

「お沙夜さん、俺だ。こんな夜遅く、済まん。ちょっと入らせてくれ」

お沙夜は、ほっと息を吐いた。隣の長屋、欽兵衛店《きんべえだな》に住む浪人、鏑木左内《かぶらぎさない》の声だ。

「なあんだ、鏑木さんですか。いいですよ、入って下さいな」

夜具をのべる前で良かった、と思いながらそう返事すると、済まんと応じる声がして、戸が開けられた。

「悪いな、ちょっと邪魔する」

左内は年の頃は彦次郎と同じくらい。眉が濃く、顎が少々角張っているので若衆のような美形とはいかないが、男っぽい容貌はちょっとした頼もしさを感じさせる。着流しだが着ているのは上物で、腰の大小もお沙夜が知る限り、それなりの業物《わざもの》である。痩せ浪人とは違って金回りが良さそうなのは、揉め事の片付けや臨時の用心棒の仕事を、度々引き受けているからだった。

「それで、どんなご用……」

そう言いかけたお沙夜は、そこで啞然とした。左内が招じ入れた連れは、十八、九の若い娘だった。

「誰なんです、それ」

見たことのない娘だ。特徴のない赤い縞柄の着物を着ているが、顔はまずまずの美形だ。ほつれた髪と、不満げにこちらを睨んでいる目付きが、やや蓮っ葉な印象を与えている。

「ああ、これから話す。ちょいと長くなるが」

左内は娘の腕を叩き、顎で上がれと指図した。娘は嫌そうに左内を見返したが、指図に従って草鞋《わらじ》を脱ぎ、部屋に上がった。続いて左内が上がり、娘を奥側にやって自分は戸口側に座った。逃げられないよう押さえているという具合だ。

「あんた、名前は」

お沙夜が聞いてみたが、娘は答えず、目も合わさない。代わって左内が答えた。

「お万喜《まき》、ってんだ」

「へえ、お万喜さんね。で、鏑木さん、何を仕出かしたんです。少なくとも、腹が大きいようには見えませんけど」

わざとらしくお万喜の腹に目をやると、左内は慌てて手を振った。

「違う違う、そういうんじゃない。もともとは、頼まれごとだったんだ」

「頼まれごと？」

左内の客先には真っ当な大店の他、裏稼業の親分衆もあり、腕を見込まれて様々な所に出入りしている。そのうちのどこかから、面倒な話を持ち込まれたのだろうか。

「松永町《まつながちょう》の喜八《きはち》長屋の大家、吉兵衛《きちべえ》を知ってるだろ」

「ええ、もちろん」

吉兵衛は四十五になる生真面目な男で、二人の倅がそれぞれ所帯を持ってからは、同い年の女房と二人で暮らしている。若い娘に手を出すようなことはないはずだが。

「その吉兵衛の長屋に、去年の暮れから植木職人の亮吉《りょうきち》ってのが住んでるんだが、お万喜はその亮吉の妹だ」

「はあ」

どうも話が見えない。左内の言う通り、先は長そうだ。

「で、その亮吉って奴がな、借金をこしらえて返せなくなり、このお万喜が岡場所に売られそうになったんだよ」

「あら、それはお気の毒」

とは言ったものの、よくある話だ。お万喜の様子から見ると、亮吉とかいう兄の素行もある程度想像がつく。おそらく、穀潰しの類《たぐ》いだろう。借金も、博打絡みか何かかも知れない。

「で、吉兵衛がそれを知って、俺のところに話を持って来たわけだ」

「もしかして、間に立って借金の相手と話をしてくれ、とか何とか」

「まあ、そんなところだ」

「人がよすぎやしませんか」

お沙夜は、ちらりとお万喜に厳しい目を向けた。お万喜はそっぽを向いている。

「俺は頼まれりゃ、仕事はするさ。人がいいのは、吉兵衛だ」

「相手っていうのは」

「深川常盤町《ふかがわときわちょう》の勘造《かんぞう》だ」

ああ、とお沙夜は頷いた。勘造は賭場と岡場所を持つ親分で、子分を二十人ほど、女を三十人ほど抱えている。確か、左内も仕事を受けたことがあったはずだ。

「勘造親分とは、話がついたんですか」

「ああ、まあ一応、ついたんだがな」

左内は傍らのお万喜を見て、肩を竦《すく》めた。

「ややこしいのは、そこからだ」

左内は一度溜息をついて、話し始めた。


吉兵衛に頼まれた左内が、勘造の岡場所、鷹乃屋《たかのや》を訪ねたのは、今日の昼過ぎのことだった。暖簾を分けて店に入ると、帳場に居た勘造の代貸し、勝五郎《かつごろう》が顔を上げ、左内の様子を見て愛想笑いを浮かべた。上客と踏んだのだろう。

「おいでなさいまし。お上がりで……」

言いかけた勝五郎は、左内の顔を見て誰だか思い出したようだ。はっと体を固くした。

「あ、こりゃあ鏑木の旦那」

「おう。しばらくだな。勘造は居るかい」

「へい、奥に居りやす。ちいっとお待ちを」

勝五郎は慌ただしく奥へ駆け込み、すぐ戻って来た。左内が会いたいと言うのに、勘造に否やはないようだ。勝五郎は、こちらへ、と左内を奥へ案内した。

「鏑木先生、今日はまたどんなご用で」

勘造は四十がらみの脂ぎった男で、髪も眉も薄くなりかけているが、岡場所の主人らしく精力はずいぶんとありそうな風貌だ。勘造は左内を上座に座らせると、顔を出した若い衆に酒を持って来いと命じた。

「ああ、ちょっと頼まれごとがあってな」

左内は鷹揚に答えると、顎で店の表を示した。

「商売は流行ってるようだな」

「へへ、おかげさまで」

勘造は追従《ついしょう》のような笑みを浮かべたが、目は笑っていない。何をしに来たかと警戒しているようだ。

「ここに、神田松永町の亮吉って植木職人と、お万喜って妹が来てるだろう」

いきなりそう切り込んだ。勘造がびくっと肩を動かし、目付きが鋭くなった。左内は、口元に笑みを浮かべた。亮吉とお万喜は、来ている、と言うより連れ込まれている、と言う方が正しいだろう。勘造の顔色は、それを裏付けていた。

「その二人に、何か」

勘造は、言外に二人が居ると認めた。左内が二人をどうしようと言うのか、目で探ろうとしている。そこへ、さっきの若いのが膳に載せた酒を運んで来た。勘造は表情を和らげ、徳利を持ち上げた。

「さあ先生、まず一献」

左内は黙って盃を受け、一口で干した。勘造は徳利を持ったまま、次の出方を窺っている。

「賭場の借金か」

唐突に左内が言うと、勘造の肩がまた、ぴくりと動いた。わかり易い男だ。

「幾らだ」

自分の賭場で作った借金のカタに、女を差し出させる。賭場と岡場所の両方を持っていれば、実に割のいい遣り口だ。時には、女を取り込むのが目的で、イカサマを仕掛けることもあるかも知れない。

「二十両です」

左内は、眉をひそめた。腕のいい職人の、一年分の稼ぎだ。植木職人が手慰みですってしまう額としては、かなり大きい。

「仕掛けたんじゃなかろうな」

「とんでもねえ」

勘造は、憤然とした。芝居ではなさそうだ。

「亮吉って奴は、頭に血が上ると歯止めが利かねえ奴のようで。煽ってもいねえのに、負けが込むと勝手に熱くなっちまいやがって」

「なら、頃合いで止めて追い出しゃあいいじゃねえか」

「こっちも商売ですから」

勘造は、自分のせいではないとばかりに肩を竦めた。

「妹が居るのは、知ってたのか」

「いや、それがですね」

　ここで勘造は、僅かに首を傾げる仕草をした。

「野郎、自分から言い出しやがったんで。妹をカタに差し出しても、もうひと勝負する、なんてね」

「自分で妹をカタに出す、ってか」

　左内は驚いて言った。勘造の言うように亮吉という男は熱くなると見境がなくなるのか、本物の外道か、どちらだろう。

「よし、ここへ連れて来てくれ」

　それを聞いて、勘造は顔を顰《しか》めた。

「先生、困りますよ。商売の邪魔はしないでもらいてえ」

「いいから連れて来てくれ。話はそれからだ」

　左内は口調を強め、じろりと勘造を睨んだ。勘造の眉間の皺が深くなった。

「先生……」

　左内はさらに、有無を言わせぬ目付きで睨み据えた。勘造の目が左内から逸れ、下を向いた。

「わかりましたよ。ちょっと待って下せえ」

勘造は大声で子分を呼び、亮吉とお万喜を連れて来いと命じた。

「え、呼ぶんですかい。奴はもう、証文を書こうとしてやすぜ」

「いいから連れて来い。言われた通りにしろ」

子分は慌てて引っ込んだ。ばたばたと階段を二階へ上がる音がした。

勘造は恨めしげに左内を見上げた。左内は知らぬ顔で、手酌で酒を注いだ。強めに出れば、勘造が折れるだろうことはわかっていた。

勘造は、左内に借りがある。去年、松井町《まついちょう》の同業者と揉め事を起こしたとき、頼まれた左内が仲裁に入ったのだ。仲裁と言っても、勘造の用心棒を務めたと言った方が近い。一応話はまとまり、左内の立ち会いのもと、手打ちになった。しかし左内は、相手の様子に不穏なものを感じた。そこでしばらく勘造の周りで成り行きを窺っていたのだが、案の定、三日目の夜に相手は刺客を向けてきた。左内同様、雇われた浪人者だったが、腕は同様とはいかなかった。勘造に斬りかかったとき、左内は飛び出し、その浪人を一刀のもとに斬り捨てた。

斬りつけてきたのが相手の方なのは明白だし、勘造から役人に然るべきものが渡されたので、左内が咎められることはなかった。それ以来、勘造は命を救われた恩義だけでなく、左内の恐るべき腕前を目に焼き付けていたので、ほとんど左内には逆らえなくなっているのだ。

程なく数人の足音がして、子分に連れられた亮吉とお万喜が、部屋に入って来た。二人とも、明らかに戸惑っている。

「座れ。こちらの先生が、お前たちにご用があるそうだ」

勘造は面白くなさそうな声で、二人に告げた。兄妹は、おとなしくその場に座った。亮吉は二十五、六と見える色白の優男風で、顔立ちも悪くない。職人と言うより遊び人の方が似合いそうで、博打に入れあげたのも頷ける、と思えた。

「亮吉にお万喜だな。俺は鏑木左内という。大家の吉兵衛に頼まれた」

吉兵衛の名を聞いて、亮吉が眉を動かした。

「ああ、はい。大家さんが」

「何とかしてやってほしい、とな。ずいぶん有難い大家じゃないか」

亮吉とお万喜は、へえ、と頭を下げ、ちらちらと勘造を見た。勘造は、唇をへの字に曲げている。

「賭場で二十両も借金を作った上、妹を差し出そうとは、お前も呆れた男だな」

左内は、さっき勘造にしたのと同じように、亮吉を睨んだ。亮吉は俯いた。

「ちっとは後悔してるのか」

「へ、へい、そりゃもう」

亮吉は顔を上げないまま、返事した。本当に後悔しているか、疑わしいな、と左内は思った。

「あんたも情けない兄を持ったもんだな。まあ、仕方ないが」

お万喜に顔を向けてそう言ってやると、お万喜はむすっとして兄を睨んだ。

「今に始まったことじゃありませんから」

「そうか。まあ、今回は俺も頼まれた以上、悪いようにはせん」

「先生、それは」

左内の言葉を聞いた勘造は、さらに渋い顔になった。

「踏み倒そうとは言わん。案ずるな」

左内は亮吉と勘造を交互に見ながら、思案する態で顎を撫でた。

「そうさなあ。吉兵衛は五両までなら貸してもいい、と言ってる。残り十五両だが、三年払いでどうだ」

「三年払い？　冗談じゃねえ。そんな気の長い賭場の借金があるもんか」

「利子を一両、付けてやる」

「三年でたった一両の利子ですかい。あのねえ先生……」

勘造は顔を真っ赤にした。が、左内はそれ以上言わせなかった。

「嫌かい？　そいつは困ったな。俺も引き受けた以上、手ぶらじゃ帰れねえんだ」

左内は薄笑いを浮かべ、もう一度勘造をじっと睨んだ。勘造は落ち着きなく、目を横に逸らした。

「亮吉、三年ありゃあきっちり払えるだろ」

左内は勘造を睨んだままで言った。ここで否やは言えまい。亮吉が慌てて答えた。

「ああ、はい、払えます。払いますよ」

「なあ勘造、こいつは払うと言ってる。言った以上、俺が何としても払わせる。お前も、最初《はな》から妹を狙ってたわけじゃねえだろ。ここは俺に免じて収めといてくれ」

それから左内は勘造にぐっと顔を近付け、駄目を押した。

「昨日今日の付き合いじゃねえんだ。そうだろ」

勘造の額に、汗が浮いた。

「ええもう、わかった、わかりましたよ。取り敢えず五両、三年で十五両と利息一両ですね。畜生め」

勘造は投げ出すように言うと、後ろを振り向いて、勝五郎に証文を作り直すよう命じた。左内は満足の笑みを浮かべた。

「さすがは深川に聞こえた勘造親分だ。太っ腹だな」

「脅しておいて何が太っ腹ですかい。まったく、下手なやくざより性質《たち》が悪い」

「まあそう言うな。埋め合わせは、いずれするさ」

勘造は亮吉に向かって、腹いせのように嚙みついた。

「やい亮吉、この約定を違《たが》えやがったら、腕の一本ぐれえじゃ済まねえからな。今日は鏑木の旦那の顔を立てるが、二度と俺の賭場へ足を踏み入れるんじゃねえ。わかったか」

「へ、へい、わかりやした」

亮吉は青くなって、拝む仕草をした。勘造は舌打ちし、お万喜に言った。

「こんな腑抜け野郎の尻拭いたぁ、あんたも因果だな。縁を切って俺のところで働きてえって気になったら、いつでも来な。悪いようにゃ、しねえ」

お万喜は本気とも冗談ともつかない誘いに、はあ、と生返事をしただけだった。

「よし、こいつに名前を書け」

勘造は、勝五郎に書かせた証文を突き出した。左内が覗き込み、さっき言った条件が間違いなく書かれているのを確かめて、懐から吉兵衛に預かった五両を出した。それを証文の脇に置くと、亮吉に顎で指図した。亮吉は言われるまま、平仮名で名前を書いた。

「よし、それじゃあこの二人は、連れて帰るぜ」

勝五郎が証文をしまうのを見て、左内は立ち上がった。勘造は恨めしそうな顔で左内を見上げた。

「こんな話、金輪際勘弁してもらいてえな」

「ああ、俺も勘弁してもらいたいね」

左内は亮吉とお万喜を促し、勘造たちの刺すような視線に見送られて店を出た。

「ええと、鏑木様、ですか。どうも本当に、お世話をおかけいたしやした」

通りを歩き出してから、亮吉がぺこんと頭を下げた。続けてお万喜も、ありがとうございましたと言って体を折った。

「俺は頼まれただけだ。礼なら吉兵衛に言え」

亮吉とお万喜は、神妙に「へい」と頷いた。

「あのう、鏑木様は勘造親分に、貸しでもおありになるんですかい」

勘造が渋々ながら、きつい条件を吞んだことを訝しく思ったのだろう。亮吉が尋ねた。

「それは、お前が知らんでもいい」

左内は素っ気なく言った。さすがに亮吉は、それ以上聞かなかった。

三

「これまでのところ、それほどややこしくもなさそうですけど」

そこまで黙って話を聞いたお沙夜は、首を傾げた。左内は、いやいや、と首を振った。

「この辺りから、おかしくなってくるんだ。変だと思ったのはな、この兄妹二人、せっかく吉兵衛と俺が勘造から助け出してやったのに、それほど嬉しそうに見えなかったんだよ」

「え？　でも、ちゃんと礼を言ってたんでしょ」

「ああ、確かに面と向かっては、有難そうな顔を作ってた。だが、礼を言うのは専ら亮吉で、岡場所に売られそうになったお万喜の方は、ほとんど何も言わねえんだ。どっちかと言や、お万喜の方がもっと喜んでいいはずだろ」

「それはそうですねえ」

お沙夜はお万喜の顔を覗き込んだ。お万喜はむすっとしたまま、相変わらず口を開かない。

「だいたい亮吉にしても、とても植木職人には見えねえ。外に出て仕事してるなら、あんなに色白で腕が細いはずがねえ。仕事もしねえで賭場通いしてるのかと思ったが、どうも元からの遊び人じゃねえかな。賭けてもいいが、奴はカエデとモミジの区別もつかねえだろうぜ」

なるほど。このお万喜にしても、植木職人の妹と言うより、岡場所の女の方が似合いそうな風情だ。

「二人を長屋に送り届けて、吉兵衛に挨拶してから帰ろうとしたんだが、どうも気になってな。吉兵衛の礼金で軽く一杯やってから、日暮れにもう一度、こいつらの長屋に戻ったんだ」

「戻ってどうしたんです」

「隠れて見張ったのさ」

「見張った？　わざわざそこまでやったんですか」

「吉兵衛が用立てた五両、踏み倒されたんじゃ俺の顔が立たねえ」

そのために夜まで見張るとは、左内もなかなか義理堅い。

「それじゃ、二人じゃなくこのお万喜さんだけ連れて来たってことは……」

「そうよ。案の定この兄妹、夜が更けてから逃げようとしやがった。それですぐ捕まえようとしたんだが、こいつら存外、身が軽くてな。亮吉の方は取り逃がしちまった」

左内は、苦々しげに言った。人助けのはずが騙されていたらしい、とはっきりわかって、かなり腹を立てているようだ。

「そうでしたか。そりゃあ、鏑木さんも怒りますよねえ。けど、何で私ん家《ち》に」

お沙夜は長火鉢に肘をついたまま、お万喜の方に顎をしゃくった。奉行所に突き出すか勘造に引き渡すならともかく、どうしてここへ連れて来たのか。それを聞いてやると左内は、うーんと唸って頭を掻いた。

「若い娘を締め上げるのは、俺の流儀じゃないんでな」

「はあ?」

「お沙夜さんなら、同じ女だし、こいつらが何を企んでたのか聞き出すのは上手いだろう、と思ってよ」

「何ですかそれ。私を巻き込もうってんなら、高くつきますよ」

「ああ、無理はわかってるって。けどな」

左内はお沙夜に顔を寄せ、囁き声で言った。

「どうもこいつは、金の匂いがしないか」

お沙夜は、ちょっと眉を動かした。左内の言うように、これはどうも怪しい。巻き込んだのに文句は言ったものの、確かに興味を引かれる。

長火鉢にもたれて少し考えてから、お沙夜はお万喜の方に向き直った。

「亮吉ってのは、本当にあんたの兄さんなの」

お万喜は、ぷいと横を向いた。何も答える気はない、と告げているようだ。

「それにしても、情けない男だねえ。妹だか情婦《いろ》だか知らないけど、若い女一人放り出して、自分だけ逃げちまうとはねえ」

お沙夜は嘲笑うように言って、お万喜に顔を近付けた。

「亮吉ってのは、本物の屑だねえ。あんたを捨ててった、ってことは、どっかに別の女が居るわけだ。あんたはもう用済み。もし妹だってんなら、信じられないほどの糞野郎だ。血を分けた妹を食い物にして、自分一人いい目を見ようなんざ、蛆虫より下の外道だよ。さぞかし今まで、大勢の人を食い物にして来たんだろうねえ。野垂れ死にゃあ幸いだけど、そういう蛆虫に限って……」

「兄《あに》さんはそんな人じゃないよ！」

いきなり、お万喜が叫んだ。見ると、顔が怒りで真っ赤になっている。

「妹を捨てちまった奴だよ。そんなの屑に決まってるじゃないか。言ってるだろ。今頃一人でいい目を……」

「兄さんを馬鹿にするな！　兄さんはちゃんと次の段取りをねえ」

怒りにまかせてそこまで言いかけ、お万喜ははっとして口をつぐんだ。お沙夜はそれを見て、ふふっと笑った。

「どうやら本物の兄さんらしいねえ。その段取りとやらを、聞かせてもらいましょうか」

それでようやくお万喜は、お沙夜が自分をわざと挑発したのだと気付き、手で口を押さえた。


「あんたたち、わざと借金作って、岡場所に入り込もうとしたね」

お沙夜がはっきり言い切ると、お万喜は仕方なさそうに頷いた。

「わざとらしくねえように負け続けるのは、案外難しい。お前の兄は、だいぶ博打には慣れてるようだな」

左内が横から言った。お万喜は、まあね、とだけ返した。

「岡場所に入って、何する気だったの」

「金だよ」

ぶっきら棒に一言、お万喜が答えた。

「金？　金をどうするって」

「決まってるだろ。勘造のところから、有り金を頂こうと思ったんだよ」

「勘造から金を盗むつもりだったのかい」

お沙夜は呆れ返った。勘造は左内に頭が上がらないと言っても、二十人の子分が居る親分だ。青臭い兄妹がそんなところから盗みを働こうなどと、無茶にも程がある。

「何でまた、勘造の鷹乃屋を狙ったんだ」

左内も馬鹿げていると考えたろうが、それを顔には出さず、聞いた。

「常盤町界隈じゃ、一番儲けてる店だもの」

お万喜はあっさりと言った。無謀だなどとは、露ほども思っていないようだ。

「仮にもやくざの一家だよ。儲かっていそうだから狙う、ってもんじゃないでしょう」

お沙夜はますます呆れたが、お万喜は先を続けた。

「そういう一家の割に、用心が良くないんだ。金箱は勘造が普段座ってる座敷の袋棚に入れてある。袋棚に鍵なんかない。何百両も入ってるのに、毎晩蔵に納めたり、帳場の鍵のかかる戸棚にしまうこともしないんだ。見張りも居ない。二十人も居るから却って安心して、自分のところが盗みに入られる、なんて思っちゃいないのさ」

ほう、と左内が眉を上げた。お沙夜も、少し見方を改めた。丸きり無鉄砲というわけでもなく、ちゃんと下調べをやった上でのことらしい。

「そんなこと、いつ調べたの」

「兄さんが、岡場所に何度か上がって、上手い具合に聞き込んだのさ」

「ほう。女を買いながら盗みの調べとは、ずいぶんと結構じゃねえか」

左内が茶化すように口を挟んだが、お沙夜に睨まれてすぐ黙った。

「でも、わざわざあんたが岡場所に入らなくてもいいでしょう。それだけわかってりゃ、外からでも入れたんじゃないの」

「外からだと、子分たちの寝てるところを通らないといけないんだ。でも、店の中からは案外簡単に行ける。時々、勘造が気に入った女を呼ぶんだって。そのために、子分のところを通らず入れるようになってるんだ」

「ふうん。けど、どうやって逃げるつもりよ。岡場所からの足抜けなんて、簡単にはいかないよ」

「できるよ。できなきゃ、こんな盗みは考えない」

お万喜は、ここで初めて口元に笑みを浮かべた。かなり自信がある、ということだろう。お沙夜は疑わしげな顔をして、火箸で長火鉢の灰を掻いた。もう春も盛りで、初鰹の便りも聞こえて来ようかという頃だ。火は入っていない。

お沙夜はやにわに火箸を一本取り上げ、お万喜に向かってさっと投げつけた。火箸は、お万喜の胸元めがけて真っ直ぐ飛んだ。が、次の刹那、お万喜は体を翻して右に避《よ》けた。火箸はお万喜が座っていたところを通り過ぎ、敷居を越えて上がり框に落ちた。

「何すんだい！」

お万喜が怒鳴った。左内がそれを制し、火箸を拾ってお沙夜に渡した。

「ああ、悪かったね。ちょいと試させてもらったよ」

お万喜の身のこなしは、普通ではなかった。なるほど、岡場所からいつでも逃げられると言えるだけの腕は、持っているようだ。

「軽業でも、やってたのかい」

「ちょっとね」

まだむっとしている様子のお万喜は、それだけしか言わなかった。

「まあいい。とにかくあんたらは、鷹乃屋に潜り込んで仕事をしようとしてた。それを、お節介な大家とご浪人に邪魔されてしまった。そういうことかい」

「かいつまんで言うと、そうだね」

お沙夜にお節介な浪人と言われた左内は、苦笑した。

「やれやれ、吉兵衛も親切のつもりがとんだ災難だ。五両、どうにかして返してやらねえと」

「そのうち、何とかするよ」

お万喜がそんなことを言ったので、お沙夜はちょっと安心した。性根が腐った根っからの悪《わる》ではないようだ。

「兄さんは、どこへ行ったんだい。段取りがあるってことは、しくじったときにどこで落ち合うかとか、仕切り直しの策とか、考えてあるわけだよね」

「まあ……ね」

さすがにお万喜は、それ以上は喋らなかった。何もかも言ってしまえば、兄の身が危なくなるかも、と用心しているのだろう。お沙夜はその様子を見ながら、しばらく考え込んだ。

「鏑木さん、それでこの娘、どうするんです」

しばらく黙って待っていた左内は、急に聞かれて困った顔をした。

「あー、いや、実はこの先は考えてない」

お万喜が、はあ？　という顔で左内を睨んだ。

「先の考えも無しに、私のとこへ連れて来ちゃったんですか」

わざとらしく目を丸くしてやると、左内は「済まん」と頭を掻いた。

「鏑木さんらしいなぁ。それじゃ、ちょっと考えがあるんですけど」

お沙夜はニヤリとして、膝を進めた。

「この話、勘造にばらしちまったらどうでしょうねえ」

「ええっ、ちょっと」

お万喜が顔色を変えた。

「冗談じゃないよ。あたしを勘造に突き出そうってのかい。あんたたちって……」

「違う違う、そうじゃないって」

お沙夜は、いきり立つお万喜に手を振った。

「お万喜さんにはちょいと身を隠してもらって、鏑木さんが勘造にお万喜さんたちの企みを話し、不用心だから金箱を蔵に移すようにって……」

「鷹乃屋に、蔵なんかねえぞ」

「だったら帳場の鍵のかかる戸棚に。そっちなら、岡場所の奥からでなく、表から忍び込めるでしょう。どうせ難しい錠前なんか使っちゃいないでしょうから、戸口と間取りをしっかり調べておけば、後は造作なく……」

「やめろ。そんなことされたんじゃ、俺の信用に関わる。深川の親分衆に、俺が一枚嚙んでると疑われたら、商売あがったりだ」

「でも、勿体ないじゃないですか。せっかく下調べもできてるのに」

「勘造のところにあるのは、せいぜい三百両くらいだ。金の出入りは多いが、手元に置いてるのはその程度なんだよ。それくらいのために、俺たちが手間をかけることはねえだろう。俺も、勘造への手前ってもんがあるしな」

「勘造って、義理立てしてやるほどの男ですかねえ」

「とにかく、俺は御免だ」

左内は、話は終わりだとばかりに横を向いた。お沙夜は溜息をついた。

「仕方ありませんねえ。吉兵衛さんの五両は間違いなく稼げるのに」

「あんたたち、盗人なの」

話の成り行きに唖然としていたお万喜が、ようやく言った。

「ま、そういうこともやってるけど」

「たまげたなあ。とてもそんな風には……」

言いかけるお万喜を、左内が遮った。

「お前も盗人なら、仁義はわきまえてるだろうな」

「わかってる。誰にも言いやしないよ」

お万喜は慌てて言い、なおも意外そうに、左内とお沙夜の顔を交互に見ていた。

「じゃあ、話はわかったでしょう。鏑木さんが乗ってこないから、鷹乃屋にお勤めに入るってのは、なし。悪いけど、他のお勤めを探して」

「やれやれ、仕方ないか」

お万喜はがっくりと肩を落とした。

「もういっぺん聞くけど、兄さんとはこの後、どういう段取りなんだい」

「三日後に、神田明神で繋ぎを取ることになってる。そのときに全部話して、手を引くよ」

お沙夜は、よし、と頷いた。

「もうすぐ木戸が閉まる。鏑木さん、お万喜さんを送ってやって下さいな」

町木戸が閉まる亥の刻、つまり四ツまであと半刻ほどだ。左内は「そのつもりだ」と言ってお万喜を促し、立たせた。

「一つ言っとくけどね、お万喜さん」

お沙夜の声に、戸口を出ようとしたお万喜が振り向いた。

「岡場所へ潜り込むなんてのは、いい手とは言えないよ。二度と考えないことだね」

さっきまでと違う、厳しい目で言った。お万喜はびくっとしたようだが、「わかった」と一度頷き、左内に促されて外に出て行った。

四

「甲州屋ですがね、やっぱりちょいと、きな臭《くせ》えところがありやすね」

お沙夜の前にきちんと座ると、彦次郎はそう切り出した。

「きな臭い、か。そりゃあ、火事の話かい」

「洒落みたいですが、その通りです」

彦次郎は、ニヤリとした。

「甲州屋は今から十六年前、江戸に出て来て永堀町に小さな店を構えましてね。商いには目端の利く奴だったようで、店はだんだん大きくなったんですが、そのうちに棚倉屋の旦那に気に入られたんです。周りの評判じゃ、うまく取り入った、ってことのようですが」

「そういう言い方をされてるなら、普段の行いも褒められたもんじゃなさそうだね」

「まあ、商人としちゃ悪くねえって声もあって、見方は人に拠るんですがね。あれだけの大店を親族でもねえ奴が継いだんだ。やっかみもあるでしょうから、その辺は割り引かねえと」

確かに彦次郎の言うように、商人としての才がなければ、機会に恵まれることもなかったろう。

「商売そのものは、うまくいってるんだね」

「へい。棚倉屋のときよりも得意先が増えてるようで、少なくとも商いの上であくどいことは、何もしてねえようです。とは言うものの、今のままで満足してるわけでもねえようで」

「もっと上を狙ってると？」

「御上御用達の看板が欲しいんでしょう。作事奉行様の下役のお歴々を、何度も吉原へお連れしてるとかで」

「ふうん」

お沙夜は気のない返事をした。作事奉行は役所や寺社の建物の築造など、御上の大工仕事の元締めだ。材木商がそこの役人を接待するのは、当然と言えば当然で、甲州屋に限らず誰もが目立ち過ぎない程度にやっている。

「もちろん、それだけじゃありやせん。あの手この手で、御城の上のほうのお方に繋がる伝手を、探しまくってるてぇ話です。それで磯原藩にも食い付こうとしてるんでしょう。この前、姐さんが言った通りですね」

お沙夜は軽く頷いた。ここまでは、目新しい話はない。

「それだけじゃ、きな臭いってほどじゃないね。火事の話はどうしたんだい」

「へい、これからです。ここからが肝心なんで」

やはりか。お沙夜は目で先を促した。

「どうも、付け火じゃねえかって噂が」

そんなことじゃないかと思った。お沙夜は納得の笑みを浮かべた。

「甲州屋……嘉右衛門《かえもん》だっけか。奴が火を付けたって、思われてるのかい」

「誰もあからさまに言いやせんがね。ほれ、奴は棚倉屋に婿入りするはずだった、ってぇ話をしたでしょう」

「ええ。けど、婿入り先を燃やしちまったら、嘉右衛門は大損じゃないの。その辺、何かあるわけ？」

「そこなんですよ。棚倉屋の奉公人だった連中なら、何か知ってると思ったんですが、その連中のほとんどは、今じゃ甲州屋の奉公人です。みんな、口が固くて」

彦次郎はこの数日、甲州屋の者や近所の住人、他の材木商の奉公人などを摑まえて、様々な噂話を拾い集めていた。指物職人がそんな聞き込みをやっていると怪しまれるので、時には行商人や遊び人、瓦版屋などに化けることもある。その彦次郎が、奉公人の口が固いと言うなら、それは逆に大きな隠し事がある、ということを意味している。

「辞めた人だって居るでしょう。そういうのは見つからないの」

「もちろん居ます。辞めた者の中に下女頭をやってたのが居るんですが、あっしはこの女が、一番いろいろ知ってるんじゃねえかと」

奥向きのことを何でも知っている下女頭なら、婿入りの事情なども知っていそうだ。彦次郎が目を付けたのは、正しい。

「ただし、居場所がわからねえんで」

彦次郎は残念そうに言った。

「あんたのことだから、捜す手は打ってるんでしょう」

「へい。何人かに話を通しておきやした。四、五日で何か挙がるでしょう」

彦次郎は江戸中に伝手を持ち、並の岡っ引きなどでは太刀打ちできない。彦次郎が四、五日と言うからには、成算があるのだ。

「わかった。それは任せるから」

「承知しやした」

彦次郎は頷いて立とうとした。お沙夜はそれを止《とど》め、もう一つ聞いた。

「どうだろう。甲州屋は磯原藩の欲しがってる八千両、すぐ右から左へ用意できるんだろうか」

「うーん、そいつは何とも。帳面を見たわけじゃありやせんから」

彦次郎は首を捻った。

「それでも、甲州屋がここらで勝負をかける気なら、借りてでも用意するんじゃないですかねえ」

勝負をかける気なら、か。その言い方が気に入った。甲州屋は、どんな勝負を見せてくれるのだろう。


その次の日の朝である。朝餉を終えたばかりのお沙夜は、座敷に座って鳥の声を聞いていた。こんな街中で、と思ったが、喧騒がふと途絶えた静寂の中で、鳥の声とは風流だ。お沙夜は目を閉じ、しばしその声に耳を傾けた。

その静寂は、突然ばたばたと駆け込んで来る足音ですぐに破られた。

「お沙夜さん、朝から済まん。ちょっと来てくれねえか」

左内だった。彼が朝からこんなに騒々しく現れるのは珍しい。

「まあ鏑木さん、何事です」

「亮吉が、死体《ホトケ》になって見つかった」

「えっ……どこで」

「本所の横川だ。業平橋《なりひらばし》の下手に、舟を着けるんでちょっと掘り込んだところがあるんだが、その澱みに浮いてたそうだ。今朝早く、船頭が見つけた」

「浮いてって、溺れたんですか」

お沙夜は一昨日の晩、お万喜を連れて来た左内から話を聞いただけで、亮吉と会ったことはないし顔も知らない。しかし、お万喜とあんな縁ができたせいで、他人事には思えなかった。左内が自分に知らせに来たのも、お万喜のことを考えてのことだろう。

「いや、溺れたんじゃない」

左内は、難しい顔をしてかぶりを振った。

「匕首《あいくち》で刺されてる。殺しだ」

「殺しですって」

さすがにお沙夜もぎょっとした。

「屍骸は、中ノ郷瓦町の番屋に運ばれた。長屋に知らせが来てな。お万喜はそっちへ行ったよ。当たり前の話だが、かなり取り乱してる」

「わかりました。行きましょう」

お沙夜は身支度もそこそこに、左内に続いて表通りへと向かった。


神田から中ノ郷まではおよそ一里、急ぎ足でも半刻近くかかる。お沙夜と左内が番屋に着いたのは、日も高くなった五ツ半（午前九時頃）過ぎだった。

「済まん、邪魔をする」

左内がそう断って、番屋の戸を開けた。中に居た男たちが、一斉に振り向いた。

「おう、何だ。鏑木さんか。あ、お沙夜さんも。どうしたんだ。こいつの知り合いかい」

上がり框に座っていた八丁堀同心が立ち上がり、十手で戸板に乗った屍骸を指した。お沙夜は十手の先に目を落とした。

その若い男の顔は青黒くむくんではいるが、顔立ちは確かに、お万喜に似ているように思える。元結がほどけ、ざんばらになった髪はまだ乾ききっていない。目は呆然とした様子で、見開かれたままだった。

「その前に、殺しだってのは本当かい」

左内が同心に聞いた。同心の名は、山野辺市之介《やまのべいちのすけ》。北町奉行所の定廻《じょうまわ》りで、左内やお沙夜とは旧知である。

「ああ、背中から三度、匕首で刺されてる。どの傷も、同じくらい力が入ってた。弾みじゃなく、最初っから殺そうとしてやったんだ」

「匕首はあったのか」

「いいや。大方、横川の底だろう。或いは、大川の方か」

「屍骸は今朝早く見つかった、と聞いたが」

「近くに舟を舫《もや》ってた船頭が、明け方に舟を出そうとして気付いたんだ。前の晩、五ツ頃に舟を着けたときにゃ、屍骸には気付かなかったと言ってる。昨夜は月明かりだ。屍骸が投げ込まれたのは、その後だろうな。どこで殺されたかまでは、わからんが」

「身元はどうやってわかったんだ」

「俺だよ」

番屋の隅に居た岡っ引きの一人が、進み出た。

「俺は去年、喧嘩騒ぎでこいつをふん縛《じば》ったことがある。強請《ゆす》り紛《まが》いのこともやってた小悪党だが、こんな死にざまを晒すとはな」

岡っ引きは亮吉の屍骸を顎で示して、溜息をついた。

「物取りではないんだな」

「懐に財布があった。小銭しか入ってねえが、少なくとも財布があるんだから、物取りじゃねえわな」

そこまで言ってから山野辺は、喋り過ぎに気付いたようだ。

「俺たちにばかり喋らせるな。こいつとはどういう知り合いだ」

「ちょっと縁があって、二、三日前に借金の揉め事を仲裁してやったんだ」

「借金の揉め事だと？　相手は誰だ」

「深川の鷹乃屋の、勘造だ。だがこの揉め事は俺が収めた。殺しになるような深刻なもんじゃねえよ」

山野辺の男ぶりと捕り物の腕は、どちらもまずまず、というところだ。だが、他人が思うより自分はできる、と考えているらしく、時々見当はずれの熱心さを見せる。今しも、勘造のことを聞いた途端、目の色が変わった。

「あんたが収めた、と。そうかい。だがな、疑わしいかどうかは、俺が決める話だ。何があったか、全部言ってみろ」

そう言われては仕方がない。左内は賭場の借金のいきさつを山野辺に話した。無論、岡場所に潜り込んで盗みを云々は伏せて、である。

お沙夜はその間に、土間に座り込んで兄の亡骸をじっと見つめているお万喜の傍に寄って、膝をついた。

「お万喜さん、大丈夫かい」

小声で言うと、お万喜はちらりとお沙夜を見て、また兄の方へ目を戻した。一昨日の威勢はどこにもない。抜け殻のようだ、とお沙夜は思った。無理もない。ただ一人の兄が、突然にこんな無惨な死を遂げたのだ。その衝撃と痛みは、察するに余りある。

「あの晩、出て行ってそれっきりだったの」

お万喜は俯き、か細い声で言った。

「明日、神田明神で会うはずだった。家を出た後、どこに居たかはわからない」

それだけ言って、お万喜は唇を噛んだ。お沙夜はその肩に、そっと手を置いた。

「やった奴の、心当たりはないの」

お万喜は俯いたまま、黙って首を横に振った。お沙夜は「そう」と呟くように言って、小刻みに震える背中をさすってやった。

「よし、話はわかった」

左内から大筋を聞き終えた山野辺は、お万喜に向かって「今の話で間違いないか」と確かめた。お万喜は「はい」と短く答えた。話を聞いていたとは思えないから、何も考えずに生返事をしただけだろう。山野辺はそれに気付いているのかいないのか、とにかく「よし」と頷いた。

「そういうことだ、山野辺さん。勘造が亮吉を殺しても、一文の得にもならねえ」

左内が、これでわかったろう、という顔で念を押すと、山野辺は腕組みして左内を睨んだ。

「かも知れねえ。だがこいつは殺しだ。そう簡単に、関わりなしと決めつけるわけにはいかねえ」

山野辺は、お沙夜の目が自分の方に向いているのを確かめるように横目で見ると、さらに続けた。

「関わりねえと思う前に、小さなことでも手を抜かず、一つ一つ押さえていく。そうして初めて、間違いのねえお調べができるんだ。それが八丁堀の常道だ」

胸を張ってそう言うと、お万喜の方に顔を向けた。

「よし、もうホトケを連れて帰っていいぞ。お前も大変だろうが、きちんと弔ってやりな。下手人の方は俺が必ずお縄にしてやる」

お万喜が、深々と頭を下げた。山野辺は改めてお沙夜の方を向いた。

「お沙夜さんまで、世話をかけたなぁ。まあ、後はこの俺に任せてくれ」

お沙夜が、よろしくお願いします、と軽く頭を下げると、山野辺は満足したように、じゃあ俺は行くぞ、と一同に告げて番屋の戸に手をかけた。

「旦那、どちらへ」

脇に控えていた岡っ引きが、声をかけた。

「決まってる。勘造のところだ」

ああ、と頷く目明したちを後に残し、山野辺は颯爽と出て行った。左内はその姿を、苦笑混じりに見送った。

「あいつ、お万喜じゃなくお沙夜さんの方ばかり見てたな。格好つけた台詞は、お沙夜さんに聞いてもらいたかったようだぜ」

山野辺は二十五になるがまだ独り身で、隠すのが下手なのか隠す気がないのか、お沙夜に気があることは周りの大勢が気付いていた。縁談はあるのに、当人が煮え切らないと専らの噂で、それは山野辺が優柔不断なのか、もっといい縁談を狙っているのか、はたまたお沙夜のせいなのか、どうも判然としなかった。

「今はそんなことより」

お沙夜はお万喜の肩に手を置いたまま、左内を睨んだ。この場で山野辺を揶揄するのは不謹慎だと気付いた左内は、「済まん」と詫びて、亮吉を運ぶ荷車を呼びに行った。残っていた二、三人の目明しは、お万喜に悔やみの言葉をかけて、それぞれに番屋を去った。

亮吉とお万喜の長屋に帰り着いたのは、昼少し前だった。

「せっかく鏑木さんに借金のことを片付けていただいたのに、こんなことになるとは。お万喜さん、どうか気をしっかり持って」

　待っていた吉兵衛は、青ざめた顔で一同を迎えた。

「殺しだと聞きました。本当に、恐ろしい話ですなあ」

　吉兵衛は、何という世の中だ、と言うように首を振った。弔いの方は、よく知っている本郷の寺の住職に頼んでおいたとのことだ。

「大家さん、何から何までお世話をかけます。済みません」

　お万喜は、一昨日と打って変わったしおらしさで、丁寧に挨拶した。吉兵衛は、何の何の、大家と言えば親も同然と、決まり文句を返した。

　亮吉は、くたびれた布団に横たえられ、吉兵衛が用意した白布を被せられた。お万喜とお沙夜は、その脇に並んで座った。左内は弔いの段取りのため、吉兵衛の家に行った。二人になってから、お沙夜はお万喜に声をかけた。

「お万喜さん、辛いでしょうね。二人っきりの兄妹だもんね」

　お万喜は俯いたまま、また唇を噛んでいる。お沙夜は居住まいを正した。

「聞いて、お万喜さん。こんなことをした下手人には、償いをさせなきゃいけない。でなきゃ兄さんは、浮かばれない。本当に、心当たりはないの」

お万喜はそう言われても、少しの間何も答えなかった。が、やがて呻くように漏らした。

「わからない……誰なのか、わからない」

「そう。わかった、もういいから」

お沙夜はそれ以上聞かず、じっとお万喜を見た。お万喜は体を強張らせ、目を上げようとしない。お沙夜は膝を寄せ、お万喜の手を取ってそっと言った。

「お万喜さん、ここには私だけ。誰にも気遣いはいらない。泣いていいんだよ、思い切り」

お万喜は、はっとしたように顔を上げ、お沙夜を見た。お沙夜は、大丈夫、というように微笑みかけた。張り詰めたようだったお万喜の顔が一気に崩れ、涙がどっと溢れた。お万喜はそのまま、しがみつくようにお沙夜の胸元に倒れ込んだ。そして、何も憚ることなく、大声で泣き出した。

「兄さん……兄さん…何で一人で……一人でいくなんて……馬鹿……大馬鹿……」

泣き声の合間に、そんな恨み節が聞こえた。お沙夜はお万喜を抱いたまま、何も言わず、ただじっと座っていた。

五

お万喜の気持ちがどうあれ、長屋に亡骸を長く置いておくわけにはいかない。翌日、簡単な弔いを済ませると、亮吉は吉兵衛に頼まれてお経をあげた住職の寺に、葬られた。亮吉の短い生涯を示すものは、僅かに卒塔婆一本きりであった。

吉兵衛が様子を見ておくと言うので、お沙夜と左内はその場を辞した。お沙夜の家に戻ったのは、八ツ頃（午後二時頃）だった。

「やれやれ、ああいう場は、どうも苦手だ。お万喜に何を言ったものか、考え込んでしまった」

お沙夜の前で胡坐《あぐら》をかいた左内が、溜息をついた。どんなことであれ、左内は愁嘆場に出くわすと途方に暮れてしまうのだ。

「いいんですよ。気を遣い過ぎても良くありませんから」

「袖すり合うも他生の縁、とは言うが、俺が深く関わってすぐだからな。寝覚めが悪いと言うか」

左内は困ったような顔をして、顎を掻いた。

「そんなこと、考えなくても。勘造が、事の収め方が気に入らなくて亮吉さんを襲った、っていうんならともかく。そんなこと、ないわけでしょう」

「それはない。山野辺にも言ったが、そんな一文にもならんことを勘造がするはずがない。あいつは損得には敏感な男だ。そうしなけりゃ自分が死ぬ、という事情でもない限り、殺しには手を染めん」

勘造のことに関しては、左内の言う通りだとお沙夜も思った。

「さて、それじゃあ誰が何のために亮吉さんを、って話になるわけですが」

お沙夜の言葉を聞いた左内が、おや、という表情になった。お沙夜の顔が引き締まったのが、わかったらしい。

「お沙夜さん、何かあるのか」

「まだ、何かってほどじゃないんですが。お万喜さん、何か知ってるようですね」

「ほう、何でそう思う？」

「長屋へ戻ってからもう一度、心当たりがないか聞いたとき、お万喜さんは、誰なのかわからない、と言ったんです。どう思います？」

「どうって、つまり心当たりがないってことだろう」

左内は、何がおかしいんだ、という顔をした。お沙夜はかぶりを振った。

「お万喜さんが言ったのは、心当たりがない、じゃなくて、誰なのかわからない、です。心当たりがないのなら、その答え方はちょっと違うでしょう」

言われて左内は首を傾げた。

「よくわからんな。何が言いたいんだ」

「お万喜さん、心当たりはあるんじゃないですかね。ただ、そいつの名前や素性はわからない、そういう意味で口にしてしまったんじゃないかと」

左内の眉が上がった。

「ふむ、なるほど。言われてみれば」

「それと、もう一つ。お万喜さん、長屋で亮吉さんの亡骸を前にして、泣きながら、何で一人で、一人でいくなんて、と漏らしたんです」

「え？　それは、何で私を置いて一人であの世に逝っちまったんだ、っていう嘆きじゃねえのか」

「ええ、そう思われるのが普通です。でも、考えてみて下さい。一人でいった、ってのは、あの世に逝ったのか、この世のある場所に行ったのか、どちらとも取れますよね」

左内はそれを聞いて、あっという顔をした。お沙夜の言いたいことがわかったようだ。

「そうか。お万喜は、亮吉が自分に黙って一人である場所に行き、そのために殺されたと思ってるかも知れん、ということだな。だとすると、お万喜はそれがどういう場所か、ある程度の見当はついてるわけだ」

「ええ。お万喜さんは、何で亮吉さんが殺されたのか、承知しているのかも知れない。しばらく、目が離せませんよ」

左内は、うーんと唸った。

「わかった。まだそうと決まったわけじゃないが、乗りかかった舟だ。お万喜のことを、もう少し調べてみるか」

「勘造のところも、探った方がいいかも知れませんねえ」

「勘造も?」

左内は眉をひそめた。勘造は関わりないはずなのに何故、と思ったのだろう。

「勘造が何か企んで、ってわけじゃない。でもね、お万喜さんから聞いた鷹乃屋から盗みを働こうって話、もっと裏がありそうに思うんです。亮吉さんが殺された理由は、私たちの知らないその裏のところにあるんじゃないでしょうか」

「もっと裏、か」

左内は天井を見上げ、考え込んでしまった。

「山野辺様、山野辺様！」

難しい顔をして歩いていた山野辺は、お沙夜の声を聞いて振り向くと、ぱっと明るい顔になった。

「やあ、お沙夜さんか。こんなところで会うとはな。出稽古か何かかい」

山野辺はお沙夜の持っている三味線に目をやって、聞いた。ここは浅草御門に近い神田川沿いの柳原通り《やなぎはらどおり》で、すぐ後ろの方は見世物小屋などが並ぶ両国広小路、その先は両国橋だ。常に賑わっている通りで、人も荷車も多い。

「はい、ちょっと回向院《えこういん》の近くまで行った帰りです。お見回りの途中ですか」

「うん、まあそれが、定廻りの仕事だからな」

山野辺は鼻の下を伸ばしている。気を遣う仕事の途中、お沙夜に声をかけられたのが嬉しくてしょうがない、といった風情だ。まあ、お沙夜とて、そんなに思ってもらえるなら悪い気はしない。内心でくすくす笑いながら、すぐ前の茶店を指差した。茶菓も置いている高級な店だ。

「あの、もしよろしかったら、あちらでお休みされませんか。一日お見回りでは、お疲れでございましょう」

「え？　ああ、うん、そうだな。こんな人通りの多い所で立ち話もなんだし」

山野辺の顔が、ますます晴れやかになった。お沙夜に誘われるまま、茶店に入って、毛氈《もうせん》を敷いた長床几に腰を下ろす。お沙夜はその横に並んで座った。

「親父、茶を二つだ。それと……」

お沙夜をちらと見てから、付け加えた。

「羊羹も切ってくれ」

「へい、かしこまりました」

羊羹付きか。奥に引っ込む亭主に目をやり、お沙夜はまた内心でくすっと笑った。やはり山野辺は、与《くみ》しやすい。

「山野辺様、この前は大変お世話になりました」

「お世話に？　うん、あれか。亮吉殺しの」

山野辺は、僅かに顔を曇らせた。せっかく美人と一緒に居るのに、殺伐とした事件の話などしたくはないようだ。お沙夜は気付かぬふりで、続けた。

「小さなことでも手を抜かない、というあのときのお話、とても心に響きました。さすがは山野辺様、このようなお方にお任せしていれば、私たちは皆、安心して暮らせると、本当にそう思いましたもの」

「そ、そうか。いやなに、あれは定廻り同心として、当然の心得だ」

さも当たり前のように言っているつもりだろうが、声が多少上ずっている。この調子で、もうちょっとくすぐってやるか、とお沙夜はにんまりした。

「そんな山野辺様のことですから、亮吉さんを殺した下手人など、もう目星がついておられるんではないかと」

「えっ、いやいや、それほど簡単な話じゃねえよ」

山野辺は、慌てて手を振った。簡単な話でないのはわかっている。何か摑んだことがないかを聞きたいのだ。

「まあ御謙遜。山野辺様ほど腕の立つお役人様だからこそ、難しい一件でも手柄を立てて来られたのでしょう」

「うん、まあ確かに、今までにも厄介な一件は何度か片付けてきたが」

持ち上げられると、その気になってきたようだ。もっとも、お沙夜ほどのいい女に持ち上げられて、冷静でいられる男はそう多くない。

「それでは、大事なことはもう幾つかおわかりなのですね。凄いですね」

「いやいや、それほど大したことがわかってるわけじゃねえが」

山野辺は迷っているようだ。お沙夜相手に、御役目に関わる話をしていいものかどうか。普通はもちろん良くないが、お沙夜が期待を込めた熱い眼差しで見つめると、忽ち山野辺は折れた。

「まあ、お沙夜さんも関わりがねえわけじゃねえからな。ここだけの話だぜ」

お沙夜の胸の内も知らず、山野辺は話し始めた。

「亮吉が殺された日、小梅の辺りでそれらしい姿を見た奴が居るんだ」

「小梅、ですか」

小梅村は屍骸の見つかった業平橋辺りから、少しばかり北へ行ったところだ。水田や草地が多い田舎だが、江戸の喧騒を離れた静けさが好まれ、大店の寮や料亭などが幾つもできていた。江戸の町の続きのようだが、一応代官の支配地である。

「どうして小梅村をお調べに。あちらには御代官様が居られるのでは」

「うん、その通りだが、業平橋界隈で聞き込みをやらせたところ、殺された日の夕刻近くに、亮吉らしい男が業平橋を渡って、川沿いに北へ向かった、てえ話が出てな。北へ向かったなら小梅村だ。それで、代官所に断りを入れて調べに入ったんだ」

「見た人は、よく覚えてたんですね」

「業平橋で見た奴は船宿に雇われてる船頭でな。橋の上で肩がぶつかりそうになって、喧嘩になりかけたんだが、向こうが相手にしなかったそうだ。それで、野郎、馬鹿にしやがって、今度会ったら、てぇわけで、顔と着物を覚えてたんだよ」

「まあ、そういうことですか。小梅村で見たと言うのは」

「そっちは村の百姓だ。あの辺じゃ、大店の寮に出入りするような身なりのいい奴と、近所の百姓以外、通る奴は少ねえ。職人ってより遊び人風の亮吉は、目立っちまったのさ」

なるほど、筋は通っている。お沙夜は得心したが、亮吉は小梅なんかで何をしていたのだろう。羊羹を一かけ口に入れ、上品な甘味を楽しみながら首を傾げた。

「小梅村には、亮吉さんが行きそうな場所があるんでしょうか」

「それだよ。奴が本当に植木職人なら、寮の庭木の手入れとかありそうだが、眉唾だしな。第一、あの日見られた亮吉は、植木屋の道具なんぞ持ってなかった」

「亮吉さんが見かけられた辺りは、寮が多いんですか」

「ああ、三、四町も行く間に、十軒はあったな。いずれも大店の持ち物だ」

「そういうところに寮をお持ちの大店って、どんなお店なんですか」

「そうだな。札差の島崎屋、廻船問屋の三国屋、醬油問屋の丸金、それから材木問屋の甲州屋に、太物問屋の朝倉屋、金物の常陸屋、ってとこかな」

「おやまあ、聞いたことのあるお店ばかりですね。小梅に寮がある、ということは、羽振りのいい証しなんでしょうね」

「確かに、そう言えるなぁ。そんなところに亮吉が何の用で、ってことになると、まだ皆目わからねえが」

お沙夜は、してやったり、と内心で手を叩いた。今の言い方で、奉行所は亮吉がこれらの大店の寮のいずれかを訪ねるため小梅に行ったのだ、と考えていることがわかった。わからないのはその大店と亮吉の繋がりで、それは奉行所もお沙夜も同様だった。

「お沙夜さんは、何で亮吉の一件のことを、そんなに知りたいんだい」

さすがに山野辺も妙に思ったらしい。お沙夜は落ち着いて言った。

「お万喜さんなんですが、あれ以来ずっとふさぎ込んでましてね。鏑木さんと私と大家さんが様子を見てますが、ちょっと心配なんです。それで、山野辺様にお尋ねすれば、もしかしたらお万喜さんが喜ぶようなお話を聞けるんじゃないかと」

お万喜がふさぎ込んでいるのは本当だが、左内とお沙夜は、お万喜が動き出さないか見張っているというのが本音だった。だが山野辺は、感じ入ったようだ。

「そうか。お沙夜さんは優しいんだな。済まんがもう少し、見てやってくれ。俺たちもできるだけのことはしているから、下手人については心配するな」

胸を張る山野辺に、お沙夜は「よろしくお願いいたします」と丁寧に頭を下げた。

「うむ、甲州屋についての話は、だいたいわかった」

　お沙夜の家で、彦次郎の話を聞き終えた左内は、少し間を置いてからゆっくりと言った。

「だが、そいつが亮吉殺しにどう関わるんだ」

「関わるって、まだ決めつけたわけじゃありませんよ」

　お沙夜は先走らぬよう気を付けて、彦次郎の顔を見た。

「彦さん、小梅のあの辺りに寮を構えてるのは、山野辺さんの言ってた六軒以外に、どんな店があるの」

「へい、米問屋の荒木屋に、薬種問屋の伊丹屋です。その他の寮は、五町ほど離れてやすんで、合わせて八軒ですね」

「で、その八軒、ざっと噂なんかを調べたんだよね。鏑木さんに、お話しして」

　お沙夜に促され、彦次郎は左内に向いて話を続けた。

「へい。かいつまんで言いやすと、八軒のうち七軒は、これと言うほど悪い噂はねえんです。まあ、三国屋は金に細かくてケチだとか、逆に朝倉屋は金遣いが荒過ぎて心配だとか、伊丹屋が寮に囲ってる女は、かなり素性が卑しいらしいとか、そんな程度です。ですが残る一軒は……」

「それが甲州屋で、どうもきな臭い噂がついて回ってる、ってわけか」

左内が彦次郎の言いたいことを解し、話の締めを引き取った。

「そうなんですよ。甲州屋は、叩けば何か出そうな感じがするでしょう」

お沙夜が畳みかけると、左内も否定はしなかった。

「お沙夜さんの言う通り、甲州屋には何かありそうだな。十六年前に江戸に出て来たって言ったが、生国はどこだい」

「店の名前の通り、甲州のようです。甲州のどの村かは、はっきりしやせんが」

左内に問われた彦次郎は、すぐに答えた。左内は少し考える仕草をした。

「ふーむ。するってぇとお沙夜さんは、亮吉が甲州屋を強請ろうとしてた、って思うのかい」

「まあ、何の証しもないんですけどね」

お沙夜は肩を竦めた。

「でも、亮吉さんとお万喜さんが何か企んでいたらしいこと、鷹乃屋の一件のすぐ後に、亮吉さんが一人で小梅に行ったこと、甲州屋には後ろ暗いところがありそうに思えること、この辺を考え合わせると、強請りってのが一番ありそうでしょう」

「とは言っても、強請りのネタが何なのか、見当がつかないことにはなあ」

左内は腕組みし、横目で彦次郎を見た。彦次郎は、「すいやせん、さすがにそこまでは」と頭を掻いた。

「だいたい、鷹乃屋の一件とはどう繋がるんだ。岡場所へ盗みに入るのと、大店の主人を強請るのとでは、全然話が違うぞ」

それについては左内の言う通りなので、お沙夜も眉を下げた。

「確かにそうですね。正直、お万喜さんに聞くしかないと思います」

「お万喜に？　喋ると思うか」

「たった一人の兄さんが殺されたんですよ。その仇討ちってことで理を説けば、話してくれそうに思うんですが」

「どのみち、本当に強請りを働く気だったなら、女一人でやり通すってのは難しいでしょうからねえ」

彦次郎が横合いから、お沙夜に加勢した。

「そうか。わかった、取り敢えずお万喜を揺さぶってみるか」

もろ手を上げて、というわけではなかったが、左内も他にこれと言って思案がなく、お沙夜たちに賛同する以外ないようだった。

六

お万喜は、一人で家に居た。亮吉が死んでからもう五日経つのだが、吉兵衛の話では、ほとんど家にこもっているという。兄を亡くした辛さはわかるが、いつまでもそうしていては、心も体も壊れてしまう。お沙夜と左内は、「お万喜さん、入るよ」と声をかけ、返事を待たずに戸を開けた。

一間きりの六畳の隅に、膝を抱えてうずくまっていたお万喜が、顔を上げた。その顔を見て、お沙夜は安心するとともに、おや、と思った。お万喜の顔はやつれ、髪もくたびれてはいたが、その目は生気を失わず、寧《むし》ろ強い光を帯びていた。

「なんだ……あんたたちか」

お万喜はお沙夜と左内だとわかると、面白くなさそうに横を向いた。

「おいおい、挨拶はそれだけか。せっかく精の出る食い物を持って来たのに」

左内は手に提げた包みを差し出した。中には、蒲焼き、卵焼きと握り飯が入っている。旨そうな匂いに、お万喜は顔を戻した。

「どうやら、思ったよりは元気そうだね。ほっとしたよ」

お沙夜が言うと、お万喜は黙って手を伸ばし、左内から食べ物の包みを受け取った。

「何しに来たの。差し入れ持って来てくれただけじゃないでしょ」

どこか挑むような言い方だ。左内はお沙夜と顔を見合わせた。左内もお沙夜と同じように、お万喜の様子に張り詰めた何かを感じたらしい。

「うん、ちょっと話を聞きたくてな。上がらせてもらうぜ」

言うなり左内は畳に上がり、お沙夜も続いた。お万喜は顔を顰めたが、止めはしなかった。

「弔いから、ずっと家に居るのか。吉兵衛が働き口を世話してもいいと言ってるそうだが」

「余計なお世話だよ。放っといてくれりゃいいのに」

「大家としちゃ、そうもいかんだろう。罰当たりなことを言うな」

「そうだよ。取り敢えず稼がなきゃ、食うものも食えないだろ」

お万喜は目を逸らし、また黙った。

「それとも、何か考えてることがあるのかい」

お万喜は壁の方を向いたまま、答えない。

「亮吉の、仇討ちか」

左内の言葉に、お万喜の肩がぴくっと動いた。

「あんた、本当に仇討ちなんて考えてるの」

お沙夜が続けて言うと、お万喜はさっと振り向き、噛みついてきた。

「だから放っといてって、言ってるだろ。あんたたちには、関わりない」

「ところが、そうもいかなくてな」

左内が顎を撫でて言った。

「お前は役人にも俺たちにも、下手人の心当たりはないとかぶりを振った。だが、仇討ちを考えてるなら当然、亮吉を殺った奴の見当はついてるはずだ。なぜ嘘をついた」

「嘘なんかついてない。仇討ちなんて、勝手に決めないでよ」

お万喜は左内を睨み据えた。

「何なんだよ、ほんとに。変に絡むんなら、さっさと帰ってよ」

「甲州屋嘉右衛門」

いきなり、お沙夜はその名を口にした。不意を突かれたお万喜は、目を見開いた。お沙夜はその様子を見て、口元で微笑んだ。

「どうやらその名前、知ってるみたいだね」

お万喜は、明らかにうろたえていた。取り繕おうと思案しかけたようだが、うまくいかないと悟ったのか、大きく溜息をついた。

「確かに名前は聞いたことあるけど……あんたたち、どうして甲州屋のことを」

「先に聞かせて。あんたと亮吉さんは、甲州屋を強請ろうとしてたのかい」

お万喜は逆に聞いてきた。

「兄さんの相手、やっぱり甲州屋だったの」

お沙夜と左内は、顔を見合わせた。

「やっぱりって、お万喜さん、あんたは知ってたんじゃないのか」

お万喜は困ったように、口をつぐんで眉間に皺を寄せた。全部喋ったものかどうしようか、お沙夜と左内は味方なのかどうか、考えているに違いない。が、すぐに意を決したらしく、口を開いた。

「誰かを強請る気だ、ってのはわかってた。でも、相手がどこの誰なのかは、まだ教えてもらってなかった」

「鷹乃屋に入り込んで盗みを働こうとしたってのは、方便だったんだね」

お沙夜が問うと、お万喜は仕方なさそうに頷いた。

「盗みのためじゃない。鷹乃屋の女の一人が、強請りのネタを持ってたみたいなんだ。兄さんは、鷹乃屋に入り浸ってるうちに、そのことを摑んだんだ」

「つまり、岡場所でたまたま馴染みになった女の寝物語で、ネタの取っ掛かりを聞いたわけか」

「兄さんの馴染みの女がネタを持ってたんじゃないけど、ネタになりそうな昔話を持ってる女が店に居る、って聞き込んだのさ。それであたしが、鷹乃屋に入り込んでその女と親しくなり、ネタを聞き出そうって段取りだったんだよ」

そういうことか。客として亮吉がその女を買っても、そんな深い話はするまい。そこでお万喜が仲間として女に近付くという手筈を考えたわけだ。

「へえ。あんたを岡場所に潜り込ませてまで聞き出したいネタって、よっぽど大きな代物なんだねえ。狙いは何百両、いやもしかして、千両より上？」

お沙夜は俄然、力が入ってきた。甲州屋が相手だとしたら、千両ぐらいは引っ張れるだろう。亮吉もそう考えて、無理を承知で段取りを考えたのではないか。

「大仕事になりそうだって言ってたけど……」

そこでお万喜は、恨めしそうに左内を見た。左内はきまり悪そうに頭を掻いた。

「亮吉さんは、鷹乃屋に潜り込むのがうまくいかなかったので、手持ちのネタだけで、一人で強請ろうとした。それで相手に殺されてしまった。そう思ってるんだね」

お万喜は兄の無惨な姿を思い出したか、唇を噛んだ。

「一人だけでやろうなんて、ほんとに勝手だよ、兄さんは。鷹乃屋に入れなくなって、あたしは用なしなんてさ。黙って行っちまうなんて、薄情じゃないか……」

お万喜の目に、また涙が浮かんできた。お沙夜は言葉をかけづらくなったが、聞くべきことは聞かねばならない。

「どんなネタなのかも、聞いてなかったのかい」

お沙夜が尋ねると、お万喜は無念そうに俯いた。

「昔、相当悪いことをやった奴が居て、それが今じゃ大店の主人におさまってる。

あたしが知ってるのは、それだけ。でも……」

「でも？　何か気付いたことがあるんだね」

口籠りかけたお万喜だったが、お沙夜に促されてその先を話した。

「兄さん、近所の大工の棟梁にね、深川の材木屋だった棚倉屋の火事のこと、聞いてたんだよ。棚倉屋を継いだのは甲州屋なのか、って、ずいぶん詳しく。材木屋なんか縁がないのに、と思ったんだけど、兄さんに聞いても、ちょっと噂を耳にしたんでな、って言うだけで」

「それで私が甲州屋の名前を出したとき、驚いたんだね」

お万喜はちょっと顔を歪めた。お沙夜の不意打ちに引っ掛かったことが、口惜しいのだろうか。亮吉の狙いが甲州屋だったことは知らなかったように言ってはいたが、実は薄々勘付いていたのだろう。だから、お沙夜が甲州屋のことを知っているのに仰天したのだ。

そこで、しばらく控えていた左内が急に聞いた。

「おい、鷹乃屋の、ネタを握ってる女は何て名前なんだ」

「え？　お夏って人だけど」

それを聞いてどうする、と言いたそうだったお万喜の顔が、急にぱっと輝いた。

「もしかして、鏑木さんがお夏さんに話を聞いてくれるの」

左内は肩を竦めて言った。

「俺もこのままじゃ、寝覚めが悪いからな」

鷹乃屋での企みが潰れて、亮吉が一人で強請りをかけようとしたのは、自分が首を突っ込んだせいだという思いが、左内にはあるのだろう。左内の気性では、知らぬ顔はできまい。

「そうだね。鏑木さんなら勘造にも顔が利くし、調べていただけるなら助かりますね」

お沙夜も賛同した。今のところ、それが一番いい方法だろう。

「あの、あんたたち、そのネタが割れたらどうする気なの」

お万喜が急に心配になったようで、そう尋ねた。ネタだけ持ち逃げされたら、と考えたのだろう。お沙夜は安心させるように微笑んだ。

「心配しないで。亮吉さんを殺った落し前は付けさせてやる。ちゃんと分け前も出すからさ。それでどう」

その言葉を聞いたお万喜は真顔で、念を押すように言った。

「信じていいのね。兄さんの仇、討てるんだね」

左内が力強く頷いた。

「ああ。だからお前は、絶対に一人で動くんじゃねえぞ。いいな」

そこでようやく、お万喜の顔に、おそらくここ数日で初めてであろう笑みが浮かんだ。


勘造は、明らかに不機嫌な様子で、お沙夜と左内を迎えた。

「どうしたい。何だか面白くなさそうな顔付きだな」

左内がからかうように言うと、勘造はさらにむっとした顔になった。

「面白いわけがねえでしょう。八丁堀に店に押しかけられて、あの亮吉って奴と揉めた揚句に殺っちまったんじゃねえかって、さんざん締め上げられたんですぜ。鏑木先生、あいつとの話はもうついてるって、馬鹿な役人に言ってやって下せえよ」

「その話は、とうに八丁堀にしたんだがな。まあ、話を聞いて何を考えたかは、連中次第ってことになるが」

勘造は、ふん、と鼻を鳴らし、お沙夜の方を顎で指した。

「そっちの姐さんは、誰なんです」

「ああ、俺のよく知ってる常磐津の師匠でな。お万喜の面倒も頼んでるんで、一緒に来てもらったんだ」

実際は、お夏に話を聞くなら女の方が話しやすいだろう、と左内が頼み込んだのだ。お沙夜も直にお夏とやらの握っているネタを聞けるなら、と喜んで同道したのだった。

「お沙夜と申します。以後お見知りおきを」

勘造はお沙夜の挨拶に、ああ、と鷹揚に返事して、左内に向き直った。

「八丁堀のことだけじゃねえんですよ。昨夜、女郎が一人、足抜けしやがって」

「足抜けだって？　お前のところの若い衆は、何をやってたんだ」

鷹乃屋に起居する勘造の子分たちは、当然ながら女郎が勝手に足抜けしないか、見張る役目も負っている。二十人も居るので、他の岡場所に比べてもかなり厳重のはずだ。それを突かれると、勘造は苦い顔になった。

「情けねえ話だが、子分の一人が手引いたようなんで」

「子分が手引いただと」

　さすがに左内は唖然とした。見張り役が足抜けを手伝ったとあっては、親分の立つ瀬がないだろう。

「その子分ってのは、足抜けした女といい仲だったのか」

　とんでもねえ、と勘造は手を振った。

「手前《てめえ》の商売に関わる女とそんな仲になるこたぁ、断じて慎めときつく言ってありやす。それがこの商売の常識でさぁ。そいつも、そんな気配は全く見せてなかったんですがねぇ」

「そういうもんですかねえ」

　お沙夜は、話を聞いて首を捻った。どんなに慎めと言っても、思うようにいくとは限らないのが男と女の仲なのだが……。

　そこでお沙夜は、ふと気付いて問うた。

「その足抜けした人の名前は」

「え？　ああ、お夏ってんだが、それがどうかしたかい」

　まさか知り合いじゃないだろう、という調子で勘造は素っ気なく答えたが、お沙夜と左内は驚いて顔を見合わせた。

「ついでに言うと、手引いたかも知れねえ奴は、庄吉《しょうきち》って名ですよ」

勘造が付け加えた。お沙夜と左内の様子に、異様なものを感じ取ったらしい。探るような目を向けてきた。左内はその視線をはね返すような勢いで、さらに聞いた。

「お夏ってのは、いつからここで働いてて、どこの生まれなんだ。素性はわかってるのか」

勘造は、目を瞬いた。

「いったい何でそんなことを」

「いいから教えろ。どうなんだ」

勘造の顔に困惑めいたものが浮かんだ。だが、答えても害はないと踏んだらしく、すぐに話し始めた。

「お夏が来たのは、一年ぐらい前でさぁ。内藤新宿で飯盛り女をやってたんだが、男に騙されて借金作っちまって、ここへ売られたってわけで。それより前、どこでどうしてたかは知りやせん。どこの生まれかもね」

「お夏ってのは、本名なのか」

「さあ、当人がそう名乗ったんでそのまま。俺らにとっちゃ、本名なんてどうでもいい話だ」

これは仕方あるまい。本名も素性も、岡場所ではさして重要ではない。

「行く先の見当はつかないんですか。庄吉の故郷《さと》とかは」

「見当がついてりゃ、とっくに連れ戻して落し前付けさせてるさ」

お沙夜が聞くと、勘造は馬鹿にしたように鼻で嗤った。

「それに、庄吉にゃ故郷なんてねえよ。野州《やしゅう》の百姓だったが、不作で食えなくなって、親が死んでから村を捨てたんだ。ここにゃ、そんな奴が何人も居る」

江戸の景気が盛り上がらず、関八州の村々もだいぶ疲弊しているのだ。江戸へ流れて来ても、無宿人の真っ当な働き口は多くはない。食い扶持を求めて勘造のような連中のもとへ転がり込む者は、珍しくなかった。

「鏑木さん、どうします」

お沙夜が聞くと、左内も落胆した様子で溜息をついた。

「消えちまったんじゃ、仕方がない。引き上げるか」

これを聞いた勘造は、眉を上げた。

「鏑木先生、ひょっとしてお夏に用があって来なすったんですかい」

「まあな。今日のところは帰る」

「待ってくれ。あんた、お夏が逃げたわけを知ってるんじゃねえのか」

「違うな。なぜ逃げたか、俺も知りたいんだ」

勘造は狐に化かされたような顔をしたが、左内は構わず、お沙夜を促して鷹乃屋を出た。

「どう思います、これ」

一ツ目通りに出たところで、お沙夜が小声で言った。左内は難しい顔になった。

「亮吉が殺されて、六日と経たないうちにお夏が消えた。こいつは繋がってる、と思った方がいいな」

「お夏さんが強請りのネタを持ってたなら、甲州屋が動いた、ってことも」

「うん。亮吉がお夏のことを吐いたとしても、庄吉って奴を引き入れて足抜けまで持って行くのに、五日やそこらはかかるだろう。辻褄は合いそうだ」

「一歩、出遅れちまいましたね」

一日違いだった。お沙夜は残念でたまらなかった。自分たちが恐れている通りなら、お夏は甲州屋の手の内にある。或いは、もっと悪いことになっているかも知れない。

　その悪い予感は、日が暮れる前に現実のものとなった。

七

「お沙夜さん、居るか。一緒に来てくれ」

　左内の声に、お沙夜は三味線の手を止めた。幸い、習いに来ていた古着屋の主人が、今しがた帰ったところだ。はあい、と返事して戸口に出ると、左内と勘造の身内の若い衆が一人、青ざめた顔で立っていた。その姿を見て、お沙夜は悪い報せとすぐにわかった。

「どうしたんです、まさか……」

「ああ、そうなんだ。お夏の屍骸が見つかった。亀戸だ」

　左内はそう言って、若い衆を目で示した。勘造のところにまず報せが行き、それを勘造が左内に伝えさせたのだろう。

「屍骸は番屋に運ばれやした。うちの親分は、そっちに」

お夏が死んだことで、勘造は左内とお沙夜が何かを知っているはずと考え、連れて来いと命じたのだろう。お沙夜も、否やはない。

「行きましょう」

そう言うなり、下駄をつっかけた。


亀戸の番屋の前には、話を聞き付けた野次馬らしいのが数人、たむろしていた。その連中を弾き飛ばすような勢いで、お沙夜たちは番屋の戸を開けた。

番屋の土間に置かれた戸板の上に、屍骸があった。筵《むしろ》が被せられている。その両側に、山野辺市之介と勘造が、屍骸を挟むようにして座っていた。

「えっ、お沙夜さんも来たのか」

山野辺がお沙夜の顔を見て、驚きを露わにした。お沙夜は構わず、左内と共に土間に膝をついた。

「見せてもらえますか」

山野辺が眉間に皺を寄せ、左内を見た。左内が頷く。山野辺は少し躊躇《ためら》ってから、十手で筵をめくった。

お夏は二十代の半ば、お沙夜と同じくらいに見えた。宿場の飯盛り女から岡場所に流れて来たという辛い暮らしを考えると、実際はもう少し若いかも知れない。目は閉じられていたが、これは山野辺の配慮だろう。口は半開きで、舌が突き出されている。顔はむくみ、首には痣があった。手で絞め殺されたのに、間違いあるまい。

「殺し、か」

左内が一言、漏らした。山野辺が無言で頷く。

「どこで見つかったんだ」

「この先の、稲荷の裏だ。昼過ぎにお参りに来た近所の婆さんが、草刈りをしようと裏へ回ったら屍骸を見つけた、ってわけだ。婆さん、今でもろくに口もきけねえ始末さ」

「どんな様子だった」

左内に聞かれて、山野辺は困ったような顔でお沙夜を見た。若い女に聞かせる話ではない、と思っているらしい。すると、その様子を見て勘造が口を開いた。

「伸びかけた草むらに、手足を投げ出して転がってた。着物の前を大きくはだけられて、ほとんど裸だったとよ。手籠めにして、絞め殺したんだ。しかも、犯《や》りながら絞めやがったらしい。とんでもねえ変態野郎だ」

勘造の口調には、抑揚がなかった。

「俺のところの女にこんなことしやがった野郎、八つ裂きにしてやる」

勘造の顔は、怒りでどす黒く染まっていた。

「下手人については、何かわかってるのか」

左内は勘造から目を逸らし、山野辺に聞いた。山野辺はまた、お沙夜の顔色を確かめるようにちらっと見てから、咳払いして言った。

「ああ、この女は、勘造のところの庄吉って若い奴の手引きで、昨夜のうちに店から出たんだ。庄吉はお夏に惚れちまって、足抜けさせて一緒に逃げようとしたんだろうな。ところが、ここまで逃げてみて、女の方に一緒になる気がねえのがわかった。それで逆上して、ってぇわけだ。それでだいたいのところは間違いあるめぇ」

山野辺は自信ありげに、滔々と語った。お沙夜は勘造の方を見た。勘造は何も言わない。が、お沙夜の視線に気付いて、逆に睨み返してきた。詰問するような目付きだ。左内がその様子を見て、勘造に目を戻した。勘造も左内の方に目を移した。

左内は勘造に目配せした。八丁堀の前ではまずい、後で話す、と告げたのだろう。勘造は了解したように、視線を上下させた。山野辺は、この目だけの会話に気付いた様子は全くなかった。


およそ一刻（約二時間）の後、日が落ちて灯りを点けたばかりの鷹乃屋で、お沙夜と左内は勘造と向き合っていた。勘造は煙管《キセル》に煙草を詰めて火を点け、じっとお沙夜たちを睨んでいる。

「さあて。そっちの知ってることを、全部聞かせてもらいやしょうか」

そう迫られて、左内はお沙夜を見た。どうしたものかと迷ったようだ。お沙夜は、ぐっと頷いた。番屋で勘造は、お夏を殺した下手人に対して、激しい怒りを見せていた。あの怒りは本物だ。勘造は鷹乃屋の女たちを、ただの商売道具としてでなく、血の通った人間として見ている、ということだ。ならばこの一件に関しては、勘造はこちらの味方である。

「わかった。この話はな、亮吉のことに繋がってるんだ」

お沙夜の意を受け、左内は今までにわかっていることを全て、勘造に伝えた。勘造の顔に、次第に驚愕が広がった。

「甲州屋って言やあ、材木屋としちゃ深川でも指折りの大店だ。まさか甲州屋がそんなことを」

「言っとくが、証しは何もねえんだ。その証しを握ってるのが、お夏さんだと思ってたんだが」

「それでお夏に、直に聞こうとしたわけですかい。ところが、先手を打たれちまったと」

「ああ。口を封じられたんだと思う」

「お夏は甲州屋の、何を握ってたと思いやすか」

「正直、わからん。逆に尋ねるが、お前は棚倉屋の火事のことで、何か噂を耳にしたことはねえか」

左内は、甲州屋がのし上がる鍵となった一件について、問いかけてみた。勘造はそれを聞くと、したり顔になった。

「幾つかね。裏稼業の連中の間でも、囁き合ってる奴らが居やしたよ。ありゃあ、付け火に違いねえ、ってね」

「付け火か。何か、そう思う理由があるのか」

　ありそうな話だ、とお沙夜は思った。材木屋は燃えやすいものが多い、というだけではない。大火事のときは家々の建て直しのため、先頭を切って走り回らねばならず最高の稼ぎ時でもある。その材木屋から火を出しては洒落にならないので、ことのほか火の用心には気を遣っている。棚倉屋のときも、まさかという声が巷で聞かれていた。

「理由ってほどのものは、ありやせんがね。燃えたのは主人夫婦と娘の寝ていた離れだけで、母屋の方は焦げた程度で済んだそうで。離れには、行灯くらいしか火の気がねえ。冬場なら火鉢や炬燵もあるでしょうが、秋口でしたからね」

「そりゃあ、怪しいじゃねえか。役人は、付け火を疑わなかったのか」

「それがね、どうも調べると、行灯の周りが一番良く燃えてたらしいんですよ。一応付け火も調べたんだが、外から火を付けた様子が見えねえ。それで、行灯の不始末ってことで片付いたんでさあ」

　そういう話なら、多忙な奉行所のことだ、失火としておいた方が簡単に済む。騒ぎを大きくして火付盗賊改方に出張られては、余計面倒だ。

「ふうん。それでも付け火って噂が消えないなら、まだ何かあるんだな」

「へい。甲州屋はその時分、棚倉屋に婿入りするってえ話になってたのはご存知でしょう」

「ああ。それがあったから、主人を亡くした棚倉屋の身代を引き継いだんだよな」

「おっしゃる通りで。甲州屋は毎日のように棚倉屋に出入りしていて、火事の前の晩も離れで一緒に晩飯を食ってたそうなんです」

「毎日のように行ってたなら、許嫁《いいなずけ》の家族と夕飯を食べてもおかしくないでしょう」

お沙夜が敢えてそう言ってみると、勘造は違いねえ、と頷いた。

「だから甲州屋が疑われることなしで、身代を継いでも文句は出なかったんだ。けどな、甲州屋にとっちゃ大出世だ。しかも、嫁とその両親はもう居ねえ。婿養子として肩身の狭い思いをすることなしで、好きにやれる。棚倉屋の奉公人も、店が潰れて路頭に迷うところを救われたんだから、文句は言えねえ」

「つまり甲州屋は、大店一つ丸ごとただで手に入れて、思うように振る舞えることになったわけですね」

「そうよ。だがそうなると、やっかむ連中は必ず居る。その辺から、噂が出たらしいな」

やっかみによる噂なら、これといった証しはあるまい。だがもし、甲州屋が火付をやったという証しがあるのなら、強請りのネタとしては充分である。捕まれば火炙りの刑だから、口封じのために殺しも辞さないだろう。

「しかし解せんな。火付をやって店が丸焼けになっちまったら、身代を継ぐも何も、あったもんじゃねえだろう」

左内は首を傾げたが、勘造はその答えも持っていた。

「確かに、燃えたのは都合良く、離れだけでした。しかしあの離れは、裏の土塀と土壁の土蔵に三方を囲まれてて、母屋側には池があるんで。要するに、燃え広がり難い建て方になってたんですよ。甲州屋も、何度も出入りしてそのことはよく知ってたはずだ」

なるほど、離れだけが燃えるような建て方だ、と知っていたなら、丸焼けの心配をせずに火を付けたのでは、と疑われたわけか。偶然かも知れないが、噂の材料にはなる。

「それじゃお夏さんは、付け火の証しを何か握っていたんでしょうか」

「お夏が？　そりゃあ、ねえぜ」

お沙夜の言葉を聞いて、勘造が嗤った。

「お夏が深川に来たのは、一年前だぞ。火事のあった頃は、内藤新宿かその辺りに居たはずだ。どうやって深川の火事の証しなんか摑めるんだよ」

勘造の言う通りだった。お沙夜はがっかりして左内に言った。

「鏑木さん、これじゃ見当が付きませんね」

「いや、それでも手掛かりくらいはあるだろう。亮吉は、この店の他の女からお夏のことを聞いたようだって、お万喜が言ってたじゃねえか」

左内は勘造に向かって尋ねた。

「なあ、亮吉は以前からここへ何度も来てたんだろ。相手をしてた女は誰だ」

「亮吉の相手ですかい？　さあて、そいつは……」

勘造は帳場の方を向いて呼ばわった。

「おい、勝五郎、ちょっと来い」

呼ばれた代貸しは、すぐに帳場を立って座敷に入って来た。

「へい、何でしょう」

「お前、亮吉がここへ来たとき、どの女が相手してたか覚えてるか」

「え？　亮吉の相手ですか。へい、そうですねえ……」

勝五郎はしばらく天井を向いて考え込んでいたが、やがて膝を打った。

「そうだ、お千佳《ちか》ですよ。四、五回は通ってたんじゃねえですかね」

「よし、そのお千佳って女と話がしたいんだが」

「話、ですか」

勝五郎は怪訝な顔をしたが、勘造に「とにかくすぐ呼んで来い」と言われ、慌てて奥へ走った。


「何の用なのさ、まったく」

勝五郎に引っ張り出されるように出て来たお千佳は、左内とお沙夜の前に座るなり、面倒臭そうに言った。年はやはり、お夏やお沙夜と同じくらいか。顔立ちは悪くないが、腫れぼったい目をして肌も荒れ気味で、だいぶ擦れた見てくれである。

「こちらの旦那が、お前に聞きたいことがあるそうだ。知ってることはきっちり申し上げろ」

お千佳は勘造に言われて、左内を正面から見た。そして、媚びるような笑みを浮かべた。

「おや旦那、ちょいといい男じゃないの。野暮な話もいいけどさ、二階《うえ》でゆっくりして行かないかい」

左内は誘いに取り合わず、真っ直ぐお千佳の目を見据えた。

「亮吉とお夏殺しに関わる話だ。二人のことを、教えてくれ」

「亮吉さんと、お夏さんの？」

お千佳は忽ち警戒する目付きになった。

「あんたたち、そんなこと聞いてどうする気だい」

勘造が苛立った様子で、何か言おうとした。左内はそれを手で制して言った。

「俺たちは、亮吉と妹のお万喜にちょっと縁があってな。仇討ちしたいってお万喜に、手を貸してる。お夏を殺したのも、たぶん同じ奴だ。そいつを追い詰めたいんだ」

お千佳は少しの間、左内とお沙夜の顔を探るように見つめていた。それから急に真顔になり、居住まいを正した。

「仇討ちか。わかった、信用するよ。何でも聞いて」

左内はここまでの経緯をかいつまんで話し、お万喜から聞いたことを改めて問うた。

「お夏さんのことで、亮吉さんに何を話したかって？　ああ、覚えてるよ。二人とも殺されたんだ、忘れるもんか」

お千佳は声に怒りをにじませた。

「亮吉さんが、三度目に来たときだったかな。ふとしたことで両親《ふたおや》の話になって、亮吉さんの小さいとき、両親が火事で死んだって聞いたんだ。それであたし、お夏さんから、両親が悪い奴に殺されて、家を燃やされたって話を聞いてたんで、ちらっと亮吉さんに、あんたより酷い目に遭った人がこの店に居る、って喋っちまったんだよ」

「親を殺されて、家を焼かれた？　そりゃあ大ごとじゃねえか。奉行所は何をやってたんだ」

仰天した左内に、お千佳は冷めた言葉を返した。

「江戸での話じゃないんだよ。どこだかはっきり言わなくてさ。それでお夏さん、今までいろいろあったらしくてね。さんざん苦労したうえ、内藤新宿からこっちへ流れて来て、最後には自分まで……」

お千佳の目が潤んでいた。お夏のことは、他人事ではないのかも知れない。

「それで亮吉は、その話に食い付いたのか」

左内が話を戻すと、お千佳は頷いた。

「食い付いたって言うか、自分と似てるけどもっと酷い話ってことで、気を引かれたんじゃないかな。ところがさ、その後、お夏さん、びっくりするようなことを言い出したんだ」

「びっくりするようなこと？　何だそりゃ」

「それがさ、親を殺した悪い奴の一人を、この深川で見た、ってんだよ」

「何だって？　深川にそいつが居るってぇの」

驚いたお沙夜が口を挟んだ。

「この店に上がった、ってこと？」

「違うよ。だったらその場で一騒動起きてるさ。格子窓から、外を通るのを見たんだよ。血相変えて震え出したから、心配になってどうしたのか聞いたら、しばらく黙ってたけど、しまいに教えてくれたんだ。物凄く口惜しそうだったけど、あたしに話した後は、何だか何もかも投げ出したみたいに力が抜けちゃってさ……」

お夏のそのときの気持ちは、お沙夜にも想像がついた。仇が目の前を通ったのに、飛び出して追いかけることもできない。役人に訴えても、何年も前に江戸から遠く離れた場所で起きたことなど、取り合ってはもらえない。自分の無力さを呪うしかなかったのだ。

「それ、どんな男だったか聞いたの」

「四十くらいの商人風、ってことしかわからない。でも、羽振りは良さそうだったみたい」

「もしかして、亮吉さんにそのことを話したの」

お沙夜に言われて、お千佳は俯いた。

「そうなんだ。次に来たとき、亮吉さんに話しちまった。そしたら、急に眼の色変えてさ。金の匂いを嗅ぎつけたみたいな。お夏さんに詳しい話を聞きたいって言い出したけど、お夏さんはお客に自分の身の上話は絶対にしないよ、って止めたんだ」

そこまで喋ると、お千佳の顔が暗くなった。お千佳は俯き加減のまま、お沙夜におずおずと聞いてきた。

「あのさ……あたしが亮吉さんに、お夏さんのことを話しちまったから、こんなことになったのかな」

お沙夜は強くかぶりを振った。お千佳から話を聞いて、亮吉が動き出したのは確かだ。だがそれは亮吉が勝手にしたことで、お千佳には関わりない。そして、責めを負うべき者はただ一人。二人を殺し、おそらくはお夏の両親をも殺した下手人だ。

「あんたが気にすることはない。お夏さんの話の通りなら、お夏さんたちを殺った奴は、とんでもない大悪党だ。この落し前、付けさせてやる」

お沙夜は拳を握りしめ、お千佳に言った。お千佳は驚いたようにお沙夜の顔を見た。それから、さっと身をかがめ、畳に両手をついた。

「お願いします。二人の無念を、どうか」

お沙夜はお千佳の肩を叩き、顔を上げさせた。そして自分の顔をぐっと近付け、安心させるように大きく頷いた。

「必ず」

後ろから、勘造が声をかけた。

「よし、お千佳、二階へ戻ってろ」

お千佳はその声に従って立ち上がった。部屋を出るとき、お沙夜と左内にもう一度深々と頭を下げた。


「参ったな。こんな話は初耳だ」

勘造は腹立たし気に言って、勝五郎に、お前も知らなかったのか、とばかりに目を向けた。勝五郎は面目なさそうに、「申し訳ありやせん」と下を向いた。

「鏑木先生、こいつぁどういうことで」

「亮吉はお千佳から話を聞いて、お夏の両親を殺して火を付けた奴の一人が甲州屋かも知れねえ、と思ったんだろう。棚倉屋の火事と、よく似てるからな」

「棚倉屋は、殺されてから火をかけられたんじゃありやせんぜ」

「焼き殺された、ってぇなら同じことさ。年恰好が四十くらいの商人風、ってのも、甲州屋と同じじゃねえか」

「それだけでお夏の仇が甲州屋だ、って決めるのは強引過ぎやしませんかねえ」

「ああ、確かに強引だな。だが、亮吉は直感で、そうじゃねえかと思ったようだ。現にお万喜の話じゃ、棚倉屋の火事のことをあちこち探り回っていたらしいぜ」

「まあ、火事の洒落じゃねえが、火のねえところに煙は立ちゃせんからねえ」

勘造は半信半疑の態で、肩を竦めた。

「それで亮吉は甲州屋を強請る段取りを、付け始めたわけですかい。あいつがうちの賭場で借金を作ったのも、妹をお夏のところへ送り込むための方便だったと」

「そういうことだ」

左内があっさり肯定すると、勘造が舌打ちした。

「道理で、どうにも無茶な賭け方をしやがると思いましたよ。それにしても、妹をわざと岡場所に入れようなんて、ずいぶんな兄貴だ」

「とは言え、お万喜自身も只者じゃねえからなぁ」

左内が苦笑すると、勘造は渋面を作った。

「すっかり騙されたこっちこそ、いい面の皮だ」

「そう言うな。この一件、結構な大ごとになりそうだぜ。お前も巻き込まれたいわけじゃねえだろう」

「亮吉に貸したままの十五両は、どうなるんで」

「小せえことを言うなよ。全部片付いたら、耳を揃えて俺が返してやるさ」

「当てにしていいんですかねえ」

勘造は、まだ面白くなさそうな顔をしている。そこへお沙夜が聞いた。

「お夏さんの持ち物とかは、どこに」

「ああ、二階の大部屋だ。ここの女はみんなそうだが、大したものは持ってなかったぜ」

「見せてもらえますか」

勘造は、ああ、と応じて、勝五郎に案内を命じた。お沙夜は勝五郎について二階へ上った。

大部屋には、女が五人ほど、思い思いの姿勢で休んでいた。煙管をふかしている者も居る。岡場所は昼間も客を入れているので、彼女たちは交互に表の間に出て格子窓から客を引き、その合間にここで出番待ちしているのだ。

お沙夜が入って行くと、部屋に流れていた気怠い空気が強張った。女たちは遠慮なく、胡散臭げな視線を浴びせてきた。一番奥に居たお千佳と目が合った。お千佳はちょっと眉を上げたが、小さく頷いてみせただけで何も言わなかった。さっきの話を他の女たちに聞かせるつもりはないのだろう。

勝五郎はずかずかと部屋を横切り、押し入れの薄汚れた襖を開けた。

「ええと……これだ」

勝五郎は、下段に積んであった行李の一つを指し、それを引っ張り出した。

「この中にあるのが、お夏の持ち物だ」

行李を開けると、勝五郎は女たちをちらっと見て、お沙夜に囁いた。

「金目のものがあったら、くすねられてるかもな」

お沙夜は小さく頷いた。よくある話だ。と言っても、覗き込んだ限りでは金目のものなど元からあったとは思えなかった。

行李の中にあったのは、色褪せた着物が一枚、帯が一本、襦袢が二枚、簪《かんざし》と櫛が一つずつ。手拭いが一本。それだけだった。化粧道具や小間物は、店のものを使っていたとしても、若い女の持ち物としてはずいぶん寂しい。

「着物は、お夏がここへ来たときに着てたものだ」

勝五郎が後ろから言った。

「ほとんど着の身着のままで来たんですね」

「借金で身ぐるみ剝がされたようなもんだったからな」

勝五郎は淡々としている。そんな話は珍しくもない、というようだ。お沙夜は手拭いを取り上げた。かなり古そうな手拭いだ。どうしてこんなものを、と言いかけて、文字が染めてあるのに気付いた。

「これは？」

お沙夜は文字を指差し、勝五郎に尋ねた。そこには、「武州八王子　升屋」とあった。

「え？　さあな、俺に聞かれてもわからん」

勝五郎は、そんなものが何だ、という態度だ。お沙夜は手拭いを広げて、考え込んだ。どうして武州八王子の手拭いなどを、後生大事に持っていたのだろう。お夏がここに来る前に居た内藤新宿は、甲州道中の最初の宿だ。甲州街道を真っ直ぐ行けば、高井戸《たかいど》、布田《ふだ》、日野などを経て、十里（約三十九キロ）ほどで八王子宿に達する。街道一本で繋がっていることに、何か縁があるのだろうか。

お沙夜は気になって、手拭いを仔細に調べた。すると、薄茶色に変色しかけている手拭いに、点々と黒い跡が付いているのが目に留まった。一番大きな黒い点に目を近付けてみると、何なのかはっきりわかった。これは焼け焦げだ。即座に、家を焼かれたというお夏の話が脳裏に甦った。

「これだけ、もらって行きますよ」

お沙夜は振り向いて勝五郎に告げると、返事を待たずに丸めて懐に入れた。女たちに怪訝な顔で見つめられているのに気付いたが、無視した。

「ああ、好きにしな」

勝五郎は、気のない返事をした。手拭いなんぞ、どうでもいいと思っているようだ。お沙夜はこれで充分と、左内の待つ座敷に引き返した。

「どうだ。何かあったか」

お沙夜の顔を見るなり、左内が聞いた。表情で何か察したらしい。

「いえ、大したものはありませんでしたねえ」

お沙夜は、軽い調子で返事した。左内はそれで承知したようで、勘造に向かって、

「邪魔したな。今日はこれで帰る」と言って立ち上がった。勘造は、「どうも」とだ

け返し、立とうとはしなかった。

部屋を出て表に向かおうとしたとき、突然勘造が「先生、お沙夜姐さん」と声をかけた。振り向いて見ると、勘造はいつになく真面目な顔になっていた。

「甲州屋だか誰だかは知らねえが、決着を付けるときが来たら、言ってくれ。要るなら、幾らでも手ぇ貸すぜ」

左内とお沙夜は、それを聞いて勘造の目を見た。その目には、番屋で見たのと同じ怒りがあった。二人は「わかった」と返事し、さっと身を翻して、鷹乃屋を後にした。


一ッ目通りへ出て、左内はお沙夜に言った。

「よし、何を見つけた」

お沙夜は懐からさっきの手拭いを出して、文字の部分を広げ、左内に渡した。

「八王子の升屋か。何だろうな」

「焼け焦げが付いてます。これ、焼けたお夏さんの家から持ち出したんじゃないでしょうか」

「なるほど。こんなくたびれた手拭いを後生大事に持っておく理由は、それ以外になさそうだな」

左内は手拭いの文字を撫で、「升屋、か」と呟いた。

「調べてみるか」

「ええ。彦さんに、八王子に行ってもらいましょう」

「鬼が出るか蛇が出るか、だな」

左内はそう言って、手拭いをお沙夜に返した。お沙夜はそれを、ぐっと握りしめた。

第二章

一

深川中島町のかなりの部分を占める甲州屋は、近くに店を構える多くの材木商の中でも、一頭抜きん出た存在だった。店そのものは先代の棚倉屋からそっくり引き継いでいて、幾らか建て増しはしたものの、大きく変わってはいない。唯一、焼けた離れがあった場所だけは再建されず、更地になったところの真ん中に、供養塔と地蔵が置かれていた。主人以下、店の奉公人たちは毎朝欠かさず、先代の菩提を弔うため、その場にお参りしていた。

それを知る近所の者たちの見方は、二つに割れていた。一方は、甲州屋を先代への礼をおろそかにしない律儀な男だと評し、一方は、やましいところがあるので祟られないよう用心しているのだと揶揄した。

好きに言わせておけばいい。甲州屋嘉右衛門は、噂を耳にしても動じたりはしなかった。人の噂も七十五日。七年も経つのに噂が消えないのはずいぶんと執拗だが、それも近頃はだいぶ下火になっている。遠からず、悪い噂は消えてしまうだろう。それには何よりも、先代に増して店を繁盛させることが肝要だった。この世は、勝者には常に甘い。

奥座敷に座って帳面を改めていた嘉右衛門は、ふっと小さく溜息をついた。売り上げは落ち込んではいない。順調に伸びている。だが、伸び方はじれったいほど緩やかだった。

松平越中守定信が老中首座に座っていた間、華美を嫌い倹約を重んずるという風潮が、御上から押し付けられていた。その結果、御上御用の建築だけでなく、町人の店や家まで、豪壮な建て方を避け、増改築も必要最小限とする流れになってしまい、大工や材木商の仕事は大きく減った。越中守が老中を退いたときは、すぐにも景気が反転するかと期待されたが、幕閣の大半は越中守の息のかかった者で占められており、急な変化は訪れなかった。

(鬱陶しい時代だ)

嘉右衛門は嘆息した。贅沢の禁止だけではない。旗本や御家人の借金を棒引きにする棄捐令《きえん》が出され、多くの札差が窮地に追い込まれた。そのあおりで潰れた大店もある。

幕府の上の方では、田沼主殿頭に繋がる人々が、御役を追われた。中には、御家が断絶に追い込まれた大身旗本もあり、その姫や主立った家臣の一部は行方知れずになったと噂に聞く。市中だけでなく、幕府の内側でも越中守が行ったことへの不満は、渦巻いたままらしい。

そんな中で、少しずつなりとも売り上げを伸ばしている甲州屋は、かなりの善戦と言えた。だが、それにも限界がある。奉公人の尻を叩き、弱音を吐いた番頭を追い出し、あらゆる伝手と努力で頑張って来たが、この夏頃には天井を打つだろう。仕方がないと言えばそれまでだが、ここで下を向くわけにはいかない。

(もう少しの辛抱なんだが)

思い付く手は、次々に打って来た。今、嘉右衛門が待ち焦がれている知らせは、そうした手の中で一番大きなものだ。昨日か一昨日には知らせがあると思っていたが、まだ来てはいなかった。こうして帳面を見ていても、じわじわと焦りを感じてしまう。

（そんなに手間取ることなのか）

相手にとってはいい話のはずだ。勿体をつけているのか、競争相手が現れたのか。いずれにしても、返事だけでもさっさともらいたいところだが……。

「旦那様、失礼いたします」

ぱたぱたと足音がして、廊下に現れた番頭が膝をついた。甲州屋としては一番古株、つまり棚倉屋を引き継ぐ前から甲州屋で働いている番頭の、正蔵《しょうぞう》だ。年は主人の嘉右衛門と同じくらい、もう二十年の付き合いになる。見た目も物腰も実直で、嘉右衛門だけでなく店の内外からの信も篤かった。

「おお、正蔵か。来たか」

期待を込めて言った。正蔵は笑みを浮かべ、「はい」と頷くと、主人の前に出て一通の文を差し出した。

「今しがた、大高屋さんからの使いの者が参りました。お待ちかねの知らせかと」

嘉右衛門は急いで手を出し、文を受け取ると、一度呼吸を整えてから、ゆっくりと開いた。

大高屋はなかなかの達筆だ。端から端まで、丁寧に読んだ。そして、満面の笑みを浮かべた。

「良い知らせでございますな、旦那様」

　嘉右衛門の表情を見た正蔵が、にこやかに言った。

「ああ。磯原藩の勘定奉行様が、こちらと会うのに同意なさった。明後日の夕刻、迎えをやるから本所の料亭まで来てほしいそうだ」

「ほう、それは良うございました」

　嘉右衛門が大高屋に何を頼んだか承知している正蔵は、その知らせに安堵したようだ。

「御屋敷ではなく外の料亭に、ということは、内々で話を進めたい、ということですかな」

「そうらしい。磯原藩も御多分に漏れず、藩の中でいろいろとあるんだろう。勘定奉行様は、私らと会うのを他の方々に知られたくないんだ」

「なるほど。勘定奉行様と対峙する方々が、藩に居られるわけですな」

「勘定奉行様は、こちらと早々に話をまとめてしまえば、その連中に先んじて手柄にできる、という思惑なのではないかな。まあ、こちらとしては願ったりだ」

さすがに大高屋の文にはそこまであからさまなことは書いていないが、文面からは容易に想像がついた。そこにつけ込めば、さらに有利になるかも知れない。嘉右衛門はそう思って、ほくそ笑んだ。

「そうしますと、いよいよ八千両、用意せねばなりませんな」

正蔵が、顔から笑みを消して言った。その一言に嘉右衛門も、表情を引き締めた。

「当たりは、どんな具合だ」

「はい、札差の島崎屋さんは大丈夫でしょう。乾物の小野屋さんも、幾らかは。両替商の方々には二、三お声がけしましたが、こちらは今一つ」

そうか、と嘉右衛門は嘆息した。磯原藩が調達しようとしている八千両。これは甲州屋の身代を傾けたとしても、一度に出すのは難しい。そこで知り合いの大店に、磯原藩のことは告げずに借り入れの打診をしているのだが、このご時世、簡単にはいかなかった。寮が近所同士という縁の島崎屋と、増築のための材木を安く提供したことのある小野屋が、借り入れを承諾してくれるとしても、まだ少々不足だ。大高屋には、甲州屋が八千両用意することを条件に磯原藩への口利きをしてもらっているので、借り入れを頼むことはできない。

「先方に、三度くらいの分割でどうかという話は、してみるが」

「そうしていただければ、有難いですが」

正蔵はそう言いながらも、疑わし気だった。正直、嘉右衛門もそれは難しい、と思っている。こちらから貸付に手を挙げておきながら、そう都合のいいことも言えないだろう。

「島崎屋さんと小野屋さんで、どれほどだ」

「まず千五百両、というところですな」

あと六千五百両か、と嘉右衛門は胸の内で呟いた。甲州屋が商いに障りなく出せるのは、四千両ぐらいが精一杯だ。それを超えて一気に金が出て行けば、取引上の支払いに滞りが出る恐れがある。残り二千五百両、どこかで捻り出さねば。

（ここが、正念場だ）

嘉右衛門は自らを鼓舞するように、腹にぐっと力を入れた。磯原藩主の縁戚になる水野大和守とその義父、水野出羽守など、田沼主殿頭の流れを汲む人々が、松平越中守の去った幕閣をやがて牛耳るようになるだろうことは、江戸の有力な商人たちの間で常識になりつつある。その日が来るまでまだ時がかかるだろうから、それまでの間に伝手を見つけようと、誰もが鵜の目鷹の目なのだ。ここで磯原藩に大きな貸しを作れば、甲州屋は他の大店たちに一歩先んじることになる。その一歩は、十年後、二十年後には大きく効いてくるはずだ。

「とにかく、あと何日かだ。磯原藩との話がまとまれば、甲州屋の身代は五十年は安泰だ。何とかもう千両でも五百両でも、引っ張ろう」

「はい、もう何軒か、すぐにでも当たってみます」

「だが、うちが金に困ってると見えないよう、充分気を付けてくれ」

「心得ております。甲州屋が危ないなどと噂が立っては、本末転倒でございますからな」

正蔵は、ご心配なくと自信ありげに言った。嘉右衛門は、頼むぞと頷きを返した。

「それから、言うまでもないことだが、この期に及んで妙な邪魔が入ってはいかん。そっちの方も、充分気を付けてくれ」

「無論、それも心得ております」

意味ありげな笑みを口元に浮かべると、正蔵は深く一礼して、奥座敷から下がった。

正蔵が去ると、嘉右衛門は廊下に出た。その前は庭で、奥側に目を向けると植え込みがあり、さらに向こう側には土蔵に挟まれた玉砂利敷きの一画がある。その中央に、供養塔と地蔵が据えられていた。離れの跡だ。嘉右衛門はしばしの間、その方向をじっと見つめていたが、やがて踵《きびす》を返し、奥座敷に戻ると後ろ手に障子を閉めた。

数日ぶりにお沙夜の家に上がった彦次郎は、お沙夜からの頼みごとに、目を丸くした。

「八王子ですかい。何でまた、そんなところへ」

「そこが鍵なんだよ。亮吉が甲州屋を強請りに行って殺されたんだとしたら、そのネタは八王子にありそうなんだ」

お沙夜は順を追って、亮吉がお夏に目を付けてから起きたことを話し、最後に手拭いを見せた。

「この升屋ってのがお夏さんの家なら、そこで以前に何があったか、覚えてる人は居るはずだよ」

「その連中を見つけて、聞き出しゃいいんですね。甲州屋が下手人だって証しでも見つかりゃ、言うことなし、ってわけだ」

「呑み込みが早いじゃないか。ほら、これを使いなよ」

お沙夜は傍らに用意していた包みに手をやり、畳の上を滑らせて寄越した。彦次郎は包みを開いて、目を丸くした。一分金で十両が、揃えられていた。路銀には多すぎる。八王子の住人の口を軽くするためのものだ。

「甲州屋の一件、相当な稼ぎになると踏んでるんですね」

「磯原藩を通して、いずれは御城内に確かな伝手を作ろうってところだ。余計な波風は立ててほしくないだろうからねえ」

「しかし姐さん、気を付けてやらねえと。亮吉を簡単に始末したような野郎ですぜ」

「私がそんな下手を打つと思うかい」

お沙夜にそう言われると、彦次郎は苦笑した。

「こいつはどうも、余計なことを言いやした」

彦次郎は十両の包みとお夏の手拭いを懐に入れ、立ち上がりかけた。そこで、あっと額を叩いた。

「いけねえ、肝心の話を忘れるところだった」

彦次郎は怪訝な顔をするお沙夜の前に、座り直した。

「ほら、甲州屋を辞めたもとの棚倉屋の下女頭。それが見つかったんでさ」

「え？　ああ、そのこと」

言われてお沙夜も思い出した。

「あれ、四、五日で捜し出すって言ってたよね。もう十日くらい経つんじゃないの」

「面目ねえ。倍ほどもかかったのは、本気で身を隠してたからなんで」

その女、お松は深川中島町から遠く離れた、四谷塩町《よつやしおちょう》の長屋に住んでいる、という。棚倉屋の頃からの知り合いとは関わりを断ち、名前こそ変えていないが、以前の奉公先については、浅草の瀬戸物屋だと言っているらしい。今は亭主持ちだが、亭主はお松が深川に居たことを知らないだろう。彦次郎は、お松の妹をまず探し出し、そこに忍び込んでお松が所帯を持ったと知らせたときの手紙を見つけ、どうにか住まいの見当を付けたのだ。

「お松って人は、棚倉屋に関わっていたことが絶対知られないよう、気を配ってるんだね」

「そうなんで。そこまでするってことは……」

「甲州屋に見つかるのを恐れてる。つまりは、甲州屋にとって都合の悪いことを、何か知ってるんだろうね」

お沙夜はこの収穫に、笑みを浮かべた。お松の口を開かせることができたら、値打ちのある話が聞けそうだ。

「八王子へ出向く前に、このお松から話を引き出しておきやす」

「いや、それは私がやるよ。彦さんは八王子の方をお願い」

「え、姐さんがお松のところに？」

彦次郎は意外そうな顔をしたが、お沙夜は任せろと言うように手を振った。

「お松さんが甲州屋を怖がってるなら、女の私が行った方が、信用される。彦さんなら、出方によっては甲州屋の手先と思われるかも」

そう聞けば、彦次郎も得心するほかない。

「わかりやした。それじゃあっしは、明日朝から八王子へ発ちます」

「うん、頼んだよ」

彦次郎は一礼して、部屋を出て行った。お沙夜は、彦次郎の置いた書付に書かれた字を、改めて見た。四谷塩町二丁目、長兵衛《ちょうべえ》長屋。縁もゆかりもなかった町で七年、お松はどんな日々を送って来たのだろうか。

二

四谷の長兵衛長屋は、どこにでもある裏店の一つだった。古すぎず狭すぎず、湿っぽくも埃っぽくもない。掃除もきちんとされている。要するに、取り立てて特徴のないところだ。目立たないよう生きるには、丁度良い。

お沙夜は、次の日の昼前、一人で長屋の木戸を入った。井戸端に居た二、三人のおかみさんが、見慣れぬ女の姿に気付いて、遠慮ない視線を浴びせた。

「済みません。お松さんのお家はこちらですか」

「ああ、そこだよ」

おかみさんの一人が、端から三軒目を指差した。

「けど、今は居ないよ。働きに行ってるから。すぐその先、麴町のいろは屋って飯屋だよ」

「ああ、そうですか。ありがとうございます」

好都合だ。長屋で話をすれば、必ずこのおかみさんたちが聞き耳を立てるだろう。飯屋なら、昼飯時が終わって暇ができたとき、近所の別の店に誘い出せばいい。お沙夜は礼を述べて、詮索が深まらないうちに、さっさと長屋を後にした。

麴町の十三丁目に、いろは屋の看板が見つかった。長兵衛長屋から、二町ほどしか離れていない。お沙夜はすぐに暖簾をくぐった。そこそこ大きな店だ。昼飯時が始まったところで、中は結構混んでいる。職人風の男が多く、侍もちらほら見えるが、女一人の客はお沙夜だけだ。飯をかき込んでいた男たちが、突然現れた美人に好奇の目を向けてきた。あまり目立ちたくはなかったが、仕方がない。お沙夜は板の間の端に腰を下ろし、ちょっと落ち着かない気分で、菜の和え物と干物と豆腐汁の定食を頼んだ。

料理が出たとき、厨《くりや》から「お松さん」と呼ぶ声が聞こえた。忙しく膳を運んでいた中年の女が、「はあい」と返事した。よし、これでお松の顔がわかった。お沙夜はゆっくり食事を終えると、いろは屋を出て斜《はす》向かいの家の脇に立ち、お松が外に出るのを待った。

客が三々五々出て行って、しばらくすると、お松が表に出て来た。夕飯の仕込みのため、暖簾をしまうようだ。お沙夜は、お松の背後に近付いて、そっと声をかけた。

「あの、お松さんですね」

驚いて振り向いた女は、年の頃三十二、三。肉付きが良く、顔立ちはごく平凡だ。お沙夜の顔を見て、心当たりがないからか眉をひそめた。

「そうですけど、どちらさん？」

「済みませんが、暖簾をしまったら、ちょっと付き合っていただけませんか」

「あのう、まだ仕事があるんで困るんですが」

お松は当惑気味に言って、店の中を目で示した。お沙夜は声を低めた。

「深川中島町に居られた頃のことです。お手間は取らせません」

お松の顔から、血の気が引いた。

「そ……そんなところ、知りません。行ったことありません」

急いで店に戻ろうとするお松を、手で押し止めた。

「待って。私は甲州屋の者じゃない。人の命に関わることなんです。お願いします」

人の命、と聞いて、さすがにお松は動きを止めた。

「ご迷惑はかけません。ある人の仇討ちのために動いています。少しだけでも、お話を」

お松は暖簾を持ったまま、しばし逡巡した。が、やがて小さく頷き、暖簾と共に店に入った。中から、「済みません、ちょっと出て来ます」と言う声が聞こえ、お沙夜はほっとした。


お沙夜はお松を伴って、表通りから少し入った伊賀町の小料理屋の二階に上がった。近所のことなので、いろは屋のお松の顔は知られているかも知れないが、余計な詮索をさせないための払いは充分にしてある。

「あの、ゆっくりはしてられませんが」

お松は落ち着かない様子で、運ばれてきた茶に手も付けず、視線をあちこちに動かしていた。お沙夜は安心させるように微笑んだ。

「大丈夫ですよ。お聞きしたいのは、七年前に起きたことだけです」

お松はびくっと肩を震わせ、やはりという顔をした。お沙夜はお松の前に、懐紙に包んだ一分金二枚を差し出した。お松は眉を上げたが、手は伸ばさない。が、突き返そうともしなかった。お沙夜はその様子を確かめてから言った。

「はっきり伺いますけど、棚倉屋のお嬢さんと、甲州屋さんとの仲は、どんな具合だったんですか」

いきなりそう斬り込むと、お松の目が大きくなった。お沙夜はにんまりした。核心を衝いたようだ。そのままじっとお松の顔を見つめ、口を開くのを待った。長く待つ必要はなかった。

「最初はね、悪くなかったんですよ」

お松は、訥々と話し始めた。それでも一旦口を開くと、その舌は次第に滑らかになった。

「ご存知かどうかわかりませんが、お嬢様は出戻りでした。それで気持ちが少し荒れてなさったんですけど、甲州屋さんが店に出入りするようになって、そりゃもう優しくされたもんですから、だんだんとほだされたご様子で」

「甲州屋さんとお嬢さんは、初めにどこで会われたんですか」

「お嬢様が富ケ岡八幡の縁日に出かけられたとき、甲州屋さんから、いつもお世話になっております、って挨拶されたんですよ」

富ケ岡八幡の縁日は相当な人出だ。その中で出会うのは、偶然ではあるまい。甲州屋が待ち伏せたのだ。

「甲州屋さんの商いの腕は、旦那様もそれなりに認めておいででしたから、これが良縁になればと後押しされたんです。出戻りのお嬢様に、そうそういい縁談が来るとも思えませんでしたし」

出戻りでも、器量や気立てが良ければ縁談もなくはない。だが、お沙夜たちの調べたところでは、棚倉屋の娘は両方とも人並み以下だった。

「ところがですねえ。あの火事のしばらく前から、風向きが変わり始めました」

「風向きが？　お嬢さんの気持ちが変わった、ということですか」

お松は、その通りだと頷いた。

「お嬢様、私に甲州屋さんが何だか怖い、とこっそり言われたんです」

「怖い、ですか。それを聞いてあなた、どう思いました」

「甲州屋さんに下心があるのが、見えたんじゃないかと」

それだけではないだろう、とお沙夜は思った。棚倉屋ほどの大店なら、言い寄る相手に多少の下心があることくらいで驚きはすまい。棚倉屋の娘は、甲州屋の態度の端々に、何か邪悪なものを感じ取ったのではあるまいか。

「では、破談になりかけていたと」

「いえ、そこまでは。旦那様にも話されたようですが、思い過ごしでは、と言われたとか」

そうは言っても、娘が嫌だと言えば縁談は潰れたろう。棚倉屋にとって、甲州屋は何が何でも嫁がせるほどの相手ではない。甲州屋は、流れが変わったのに勘付いて、破談が公にならないうちに動いた、ということか。お松の顔を見ると、同じように考えていたらしいことがわかった。お沙夜は話を進めた。

「棚倉屋さんが火事になった夜のことを、聞かせて下さい」

お松は、身を強張らせた。思った通りだ。お松は何か大事なことを知っている。

お沙夜は、紙包みをもう一つ、お松の前に出した。しめて一両。お松にとっては、かなりの大金のはずだ。お松は二つの紙包みに目を落としたまま躊躇っていたが、結局話を続けた。

「あの晩、甲州屋さんは離れに来ていました。そこで旦那様ご夫婦とお嬢様と、夕餉をされました。お酒は、甲州屋さんがご自分でお持ちになりました。信濃の銘酒だとかで」

「夕餉の後、甲州屋さんはすぐ帰ったんですか」

「はい。皆でお見送りして、旦那様たちは離れに戻り、いつもよりだいぶ早く休まれました。お酒が過ぎたのかも知れません」

「火が出たのは、いつだか覚えてますか」

「ええと、九ツ（午前零時）をちょっと過ぎてたと思いますが」

「そのとき、あなたは寝ていたの」

「ええ、はい、その……」

急にお松の歯切れが悪くなった。ここだ、とお沙夜は思った。

「どうなんです」

顔を近付け、口調を強めた。お松は諦めたように、また口を開いた。

「実は……火が出る少し前、土蔵の脇に居たんです」

「土蔵の？　夜中に何だってそんなところに」

「あの頃は私も若かったので……お店の手代の一人と、その、逢引きを」

ははあ、なるほど、とお沙夜は思った。夜中にそんな場所でなら、ただ会っていただけではあるまい。お沙夜は黙って、目で先を促した。

「こ……事が終わって身繕いしているとき、離れの方から音がしたんです」

「どんな音が」

「戸を開けて、閉めたような。そっと離れの方を覗いたんですけど、月明かりで見た限りでは、何も変わったことはありませんでした」

「あなたのお相手も、その音を聞いたの」

「いいえ、幸吉《こうきち》さんは……その手代は、何も聞こえなかったって」

交合《まぐわ》いのすぐ後だ。まだぼうっとしていて、聞き逃しても不思議ではない。

「離れに調べに行ったわけではないんですね」

「はい。誰も起きた様子はないし、空耳かと思って部屋に戻ったんです。そうしたら、寝ついて幾らもしないうちに火の手が。飛び出したとき、離れはもう火に包まれて……」

お松は言葉を詰まらせた。恐ろしい光景が甦ったのだろう。お沙夜は、お松が気を鎮めるまで待った。

「男の人たちは、みんなで池から桶に水を汲んで、懸命に火を消そうと。手伝おうとしましたが、女たちを外へ出せ、と言われて。私は他の女子衆を集めて、店の外へ逃げました。そしたら……」

再び話し始めたお松は、そこでまた言葉を呑み込んだ。が、大きく息を吐くと、意を決したように続けた。

「甲州屋さんが居たんです。裏へ通じる路地の入口に、立ってました。燃え上がる離れの方をじっと見ながら」

「じっと、何もしないで？」

「ええ。火事の炎と月明かりで顔が見えたんですけど、その顔が、今思い出しても恐ろしくて」

「どんな……顔だったんです」

「ただ、じっと火を見てたんです。顔に、何も浮かんでなかった。旦那様やお嬢様が中に居るとわかってるはずなのに、何の表情も」

　火事を前にして、何の表情も浮かべていなかったのか。これは、確かに尋常ではない。

「そのとき、甲州屋さんが振り向いたんで、目が合っちまったんです。私、ぞっとしましたよ。そうしたら甲州屋さんは、急に慌てて、みんな無事なのか、旦那様やお嬢様は、と叫んで店に駆け込もうとしたんです。他の女子衆が止めましたが」

「あなたは、それが演技だったと思ってるんですね」

「はい。気付いたのは、私だけのようですけど」

　お松はそう言って、寒気に襲われたように身を震わせた。

「お役人には、この話をしましたか」

「いいえ。あんなときに内緒で逢引きしてたなんて、言えるもんですか。それに聞こえた音も確かとは言えないし、甲州屋さんのあの顔を見たのも私しかいません。そんなの、お役人に話しても信じてもらえないでしょう。何の証しもないんです」

　お松は、甲州屋が棚倉屋を引き継ぐと聞いたとき、店を辞めた。甲州屋は、火事を見ていた自分の異様な様子を、お松に気付かれたと知っている。恐ろしくなったお松は、身を隠すことにしたのだ。手代の幸吉との仲も、それきりになった。そして、今では違う男と所帯を持っている。

「あの、このこと、誰にも言わないで下さいね。うちの人も、棚倉屋さんに奉公してたことは知らないんです」

全て話し終えた後、急に心配になったのか、お松が縋《すが》るように言った。

「わかってます。あなたは、私となんか会っていない。いま話してくれたことは、他の誰にも喋らないこと。お互いそれで、いいですね」

お沙夜の方からも、念を押すように言った。お松は黙って頷き、二つの金包みを大事そうに懐に納めた。

三

甲州屋の店先に駕籠が着いたのは、七ツ半（午後五時頃）を過ぎて日がだいぶ傾いた頃だった。駕籠は普通の町駕籠だったが、印半纏《しるしばんてん》を羽織った駕籠かきは、本所横網町の料亭、富安《とみやす》からお迎えに行くよう言われた、と告げた。大高屋からの文にあった通りだ。

嘉右衛門は、満足して乗り込んだ。正蔵は伴わず、一人で話をするつもりだ。金を貸しましょう、という話に食い付いた以上、立場としてはこちらの方が強いはず。嘉右衛門は、そう考えていた。磯原藩の勘定奉行は、どんな人物か。理のわかる男であればいいのだが。

両国橋に近い横網町までは、二十町ほど。駕籠なら小半刻もかからない。日のあるうちに、富安の表口に着いた。駕籠を降りた嘉右衛門は、富安の主人に迎えられ、早々に一番奥の座敷に通された。奥庭を前にした、最上の部屋だ。案内した主人は、こちらでお待ち下さいと言って下がった。

一人になった嘉右衛門は、座敷をさっと見回した。床の間を背にする正面の上座には、立派な座布団と脇息が置かれ、右手にも座布団が一つ。先方は二人、ということだ。嘉右衛門は待ちながら考えた。八千両については、貸付を内諾した形になっているが、その見返りに、どれだけのものを得られるだろうか。できれば言質《げんち》が欲しいところだ。

（その辺は、駆引きになるか）

だとすれば、田舎大名の家臣などに後れを取るものではない。嘉右衛門にも、その程度の自信はあった。今は、相まみえるのが楽しみだ。

日が落ち、店の者が行灯に灯を入れに来た。灯がともると、それを合図にしたように廊下から足音が近付いて来た。嘉右衛門は頭を下げた。背筋にいささかの緊張が走った。

障子が開けられ、二人の侍が入って来た。嘉右衛門は畳に手をついて、侍が座につくのを待った。

「待たせたな。甲州屋殿か。面を上げられよ」

右側から声をかけられ、嘉右衛門は身を起こした。正面の侍と、目が合う。

「呼び立てて済まぬな。磯原藩勘定奉行、谷田部《やたべ》主馬《しゅめ》じゃ」

そう名乗った谷田部は、四十前後と見えた。小柄で、体型はだいぶ緩んでいる。顔つきも温和で、御しやすそうに感じられた。とは言え、見かけをそのまま信じるほど嘉右衛門も未熟ではない。

続いて右手の侍が名乗った。こちらは三十くらいで、谷田部と比べると、痩せて精悍な顔つきだ。そこそこ武芸も嗜むのかも知れない。

「磯原藩勘定方、内山四郎左衛門《うちやましろうざえもん》と申す」

「甲州屋嘉右衛門でございます。このたびは、お声がけいただきありがとうございます」

「此度《こたび》は、無理な注文に応じてくれる由、礼を申す」

「いえ、とんでもないことで」

谷田部は最初から下手に出ている。これはいい兆候だ。

「近頃、材木の方の景気は如何かな」

「はい、おかげさまで何とかやっておりますが、やはり景気が冷え込んでおりますので、思うほどには」

「左様か。やはりどこへ聞いても、あまり景気の良い話は聞かぬな」

谷田部が、困ったものだという風に嘆息した。食わねど高楊枝、の武士でも、勘定方となれば景気の動きには敏感なようだ。

「このままでは、いかんのう」

谷田部はそんな言い方をして、嘉右衛門の顔を見た。嘉右衛門は、頭を懸命に働かせて言外を読んだ。これはおそらく、自分たちはいずれ幕閣に連なり、政を正して景気を上向かせるつもりだと、ひどく遠回しに告げたのではないか。つまり、自分たちと繋がっておけば、後々良いことがある、と言いたいのでは。だとすれば、まさに望むところだ。

「風向きが変われば、江戸の商人は皆、喜びましょう」

嘉右衛門は慎重に言った。谷田部は「いかにも」と応じた。

「御奉行」

内山が、話を促すように声をかけた。谷田部が頷く。本題に入るようだ。

「当藩が調達いたしたいのは、八千両。聞いておられるな」

「はい、大高屋さんを通じ、承知いたしております」

「甲州屋殿で用意いただけると考えて良いか」

「ご用意いたしましょう」

「おお、それは有難い」

谷田部の表情が緩んだ。内山が、ほっと息をつく気配がした。

「お伺いしますが、例えば三月ごと、三度の分割などでも差し障りはございませんか」

緩みかけた谷田部の表情が、硬くなった。

「それはいささか不都合じゃ。月末《つきずえ》に一括で願いたい」

やはり無理か。言ってはみたが、嘉右衛門も相手が二つ返事で承諾するなどと思ってはいなかった。まあ、この点で粘っても無駄だろう。月末まで十二日。何とかするしかない。

「承知いたしました。それで……」

「わかっておる。担保であろう」

谷田部はちらりと内山に目をやった。内山が前に進み出、懐から絵図を出して畳に広げた。

「ここ、城下より西へ六里ほどのところに、金田、馬部、大貫という村がある。この一帯の山には、杉が多く、城下で使う材木を伐り出しておる。この山一つ、広さにして十町歩ほどを担保とする。如何か」

なるほど、材木商への担保は材木が得られる山か。理に適っている。その地を見に行って確かめる暇はないが、藩が言う以上、信用するしかあるまい。

「おっしゃるような山であれば、まずまず不都合はございませんな」

谷田部と内山は、顔を見合わせて頷き合った。安堵したようだ。

「後は利息だが……」

谷田部が様子を見るように言い出した。嘉右衛門は鷹揚に構えて言った。

「まず、借り入れの期間はどれほどになりましょう」

「三年、と考えておる」

「では、月一分ということで」

年に直すと一割二分。幕府が決めている大名貸しの目安と同じだ。これは想定通りと見え、谷田部は「承知した」とすぐに答えた。

「それに加え、一年ごとに証文を書き換えますので、その都度礼金という形で五分、申し受けます」

「礼金を五分、か」

谷田部は眉をひそめた。毎年、証文を更新するたび四百両。実質、年に一割七分の利息ということになる。

「それはいささか厳しい。礼金無しとは言わぬが、いま少し何とかならぬか」

「ふうむ。左様でございますなぁ……」

嘉右衛門は、これ見よがしに溜息をついて、思案する格好をした。無論、谷田部が承知しないのは初めから想定している。あくまで駆引きだ。

「では、半分の二分五厘といたしましょう。その代わり、頂戴いたしたいものが」

「ほう、何が望みかな」

「磯原藩御用達の看板。それと、御殿様が幕閣にご出世あそばした後には、公儀御用達の看板と、新たな材木問屋仲間を作ることを許すという、お墨付きをいただきたく」

「何と」

谷田部は目を丸くした。材木問屋仲間とは、材木問屋の組合のようなものだ。深川木場《きば》には既にあり、甲州屋も入っているが、そこから独立して甲州屋が筆頭となる新たな仲間を作れば、甲州屋自身が材木の相場を決める立場になれる。江戸で使われる材木の何割かを、甲州屋が支配することになるのだ。公儀御用達の看板も、棚倉屋は持っていたが、甲州屋が店を継いだときは、新参扱いにされ、引き継がせてもらえなかった。その恨みを一気に挽回する機会なのだ。

「それはいささか欲が過ぎるのではないか」

「恐れながら、藩の懐が痛むわけではございますまい。それに、今すぐどうこうというわけではございません。ご出世払い、というのと同じでございます」

谷田部は、うーむと唸ってしばし黙った。内山が横から囁く。

「御奉行、これは御留守居役様の御裁可が必要かと」

「そうじゃな。しかし、そうなると宮田殿の耳に入りかねんぞ」

「そこは何とか、隠密裏に運びましょう。でないと……」

さらに言いかける内山を、それ以上申すなと谷田部が制した。どうやら宮田某というのは、谷田部らと立場を異にする人物らしい。やはり思った通り、磯原藩でも権力を巡っていろいろと派閥ごとの争いがあるのだ。

「礼金は二分。それでどうじゃ」

嘉右衛門に向き直った谷田部が、条件を出した。嘉右衛門は胸中でニヤリとした。礼金を二分に下げるだけで望みのものが手に入れば、充分だ。

「二分にいたしましたら、先ほど申しましたものは頂戴できますか」

「用意しよう。では、それで良いな」

「よろしゅうございます」

嘉右衛門は神妙に頭を下げた。どうやらうまくいった。出だしの態度から見るに、八千両の貸付に応じたのは、嘉右衛門だけだったのだろう。磯原藩としては、嘉右衛門にも逃げられると厄介なことになる。そう見込んで少々強気に押したのだが、思惑通りになった。八千両の不足分を月末までに調達せねばならないが、それは何とかするしかない。

「貸金の証文は、手前の方でご用意いたします」

「こちらは先ほどの約定を記したものを揃えよう。追って知らせる」

内山はまだ心配そうな顔をしていたが、谷田部は上機嫌になっていた。少なくとも、江戸留守居役は味方に付けているのだろう。

「では、一献、とまいろうか」

谷田部が言い、内山が手を叩いた。奥の方で「はぁい」と返事する声が聞こえ、やがて料理と酒の膳が運ばれてきた。

ほろ酔い加減で駕籠に揺られ、嘉右衛門は五ツ半頃（午後九時頃）、店に戻った。待っていた正蔵は、嘉右衛門の顔を見て首尾は上々と悟ったようだ。おめでとうございます、詳しくはまた明日、と言って下がった。

嘉右衛門は自室に入ると、棚から武鑑を取り出した。この本を見れば、各藩の要職にある武士の家系などは全てわかる。無論、事前に磯原藩の主だった者については、調べてある。内山が口にした宮田、という名にも覚えがあった。

磯原藩の項を開くと、その人物はすぐにわかった。江戸詰用人、宮田《みやた》左馬之介《さまのすけ》。江戸留守居役、藤田《ふじた》采女正《うねめのしょう》と並ぶ重臣だ。武鑑では用人の方が留守居役より格上になっているが、磯原藩で藤田は家老格の扱いなので、実際は宮田より上席になる。こうした立場であれば、両人の間に対抗心が芽生えるのは避けられまい。

嘉右衛門は得心して、武鑑をしまった。谷田部は藤田と諮り、宮田に先んじて藩の資金を調達しようとしているらしい。であれば、事を急ぐ必要がある。嘉右衛門の求めをすぐに受け入れたのも、そのためだ。分割に応じなかったのは、一括でなければ宮田に対抗できないと考えているからだろう。

(しかし、八千両の使い道は何なのか)

磯原藩は裕福とは言えないが、飢饉があったわけでもないので、資金繰りが切羽詰まっているとは思えない。藩の日常の費えに、直ちに八千両が必要ということはないはずだ。

（ならば、幕閣への布石か）

面白い、と嘉右衛門は思った。水野大和守が幕閣中枢に座るには、それなりの金を要所要所に撒かねばなるまい。水野とつるんだ磯原藩主、林田主計頭がその一部を請け負ったとすれば、八千両の意味がわかる。磯原藩にとってはちょっとした賭けだが、成就すれば得られるものは大きい。その八千両を都合した嘉右衛門も、たっぷりその恩恵に浴せる。

（材木商仲間や公儀御用達だけで済ますことはない。もっと上を狙ってやる）

嘉右衛門は一人、ほくそ笑んだ。

四

彦次郎が戻って来たのは、江戸を発って五日後の夜だった。思ったよりずいぶん早い帰りに、お沙夜は少しばかり驚いた。

「彦さん、早かったじゃない。よほど手際よく運べたのね」

「へへ、手際よく、と言うか何と言うか」

旅装を解いたばかりの彦次郎は、頭を掻いた。

「升屋ってのは、八王子の近在の名主の屋号だったんです。お夏は、どうやらそこの娘に違いねえようで」

「じゃあ、結構な分限者の家だったわけだね」

「へい。蔵が二つあって、金貸しもやってたそうです」

「もしかして、お夏の親は因業親父だったとか」

金貸しをやっていたなら、厳しい取り立てを恨んだ百姓などが、家を襲って火をかけるというのはありそうだ。だが、彦次郎はかぶりを振った。

「逆です。仏みたいな主人で、利息は公平だし正直だし、立ち行かなくなった連中の返済を待ってやるのも、しばしばだったようで」

「へえ。そんな人が、何で殺されるようなことに」

「どうも、情けをかけて泊めてやった旅の者が、強盗に早変わりしたらしいです。まったく酷《ひで》え話で」

情けが仇になったのか。ならばお夏の恨みも深かったろう。

「村役人や八王子の宿場役人は、何をしてたのさ」

「升屋は名のある家でしたからねえ。訴えを受けて、役人も本気で血眼になったらしいですが、下手人はとうの昔に逃げちまってやした。それでも、布田までは足取りを追ったそうです。ですが、その先は内藤新宿で、すぐ江戸だ。紛れ込まれたら、田舎の役人じゃ手に負えやせん」

仕方あるまい、とお沙夜は思った。江戸の町奉行所にも手配書は回ったろうが、江戸で起きる事件だけでも手一杯の奉行所が、本腰を入れて捜すとは考え難い。

「そうか……。で、それはいつの話なの」

「十二年前です。升屋はそれっきりで潰れちまって、縁者も住んでません」

「十二年前……てことは、お夏さんは十二、三だったんだね」

「ああ、お夏ってのは本名じゃありやせん。本名は佳代《かよ》です。両親が死んだんで、府中の親類に引き取られたんですよ」

「それがどうして、飯盛り女なんかに」

「申し訳ありやせん。府中までは聞き込みしてねえんで。でも噂じゃ、その親類ってのが業突く張りで、佳代は家を飛び出したんですが、男に騙されて飯盛り女になったようです」

「それからまた別の男に騙されて借金作って、とうとう岡場所か。運のない人だねえ」

そうして最後に、親の仇に殺されてしまうとは、何という人生か。お沙夜は深い溜息をついた。

「それで姐さん、実は会ってもらいてえ人が居やすんで」

彦次郎は話の継ぎ目に、切り出した。お沙夜は首を傾げた。

「誰なの、それは」

「升屋が襲われたとき、佳代を助け出した近所の夫婦で。十二年前の生き証人でさあ。筋違橋《すじかいばし》を渡った向こうの、連雀町《れんじやくちよう》の松倉屋って宿に泊まってやす」

「生き証人ですって。彦さんが連れて来たの」

「へい。話を聞いたら、自分で江戸に行って話してもいい、って言うもんで、それなら姐さんや左内さんに聞いてもらう方が確かだ、と思いやして。八王子の方は、早々に切り上げたんでさぁ」

これは驚いた。彦次郎の言うように、直に話が聞けるならそれに越したことはない。

「でかした、彦さん。明日早速、松倉屋に行こう。ご苦労さんだったね」

お沙夜は微笑んで彦次郎を労《ねぎら》い、疲れてるだろうから早く寝《やす》んで、と送り出した。その夫婦は、甲州屋を追い詰める切り札になるだろうか。お夏の無惨な死にざまが目に浮かび、お沙夜は拳を握りしめた。

翌朝、朝餉を済ませた頃を見計らって、彦次郎が左内を伴って迎えに来た。身支度して待っていたお沙夜は、すぐ二人と共に長屋を出た。

「その夫婦、信用できるんだろうな。金目当てにいい加減な話をしてるんじゃなかろうな」

左内は疑わしげに彦次郎に言った。

「大丈夫でさあ。あの辺りに古くから住んでる連中に、裏は取ってありやす」

彦次郎が請け合うと、左内はそれ以上は言わなかった。

松倉屋は、主に日本橋通り界隈の店に買い付けに来る関東一帯の商人や、江戸見物の裕福な百姓などが泊まる宿で、格から言うと中の上くらいだ。この日もそんな泊まり客で一杯らしいが、大半の客は商用や見物に出かけ、宿の中は空いていた。

お沙夜、左内、彦次郎の三人は、女中の案内で二階に上がった。

「念のため、宿の主人にはご夫婦の名前も住んでる村も、外の誰かに聞かれても言うなと因果を含めてありやす」

彦次郎が小声で言った。万が一にも甲州屋の耳に入ったりしないよう、気遣ったのだ。

「わかった。用心に越したことはないからね」

女中が廊下に膝をつき、御免なさいましと声をかけて障子を開けた。部屋には五十くらいと見える白髪頭の男と、ほっそりした同年輩の女が、並んで座っていた。

「ああ、どうも。手前は八王子横川村の吾平《ごへい》と申しまして、家は小さな宿屋でございます。今は倅夫婦に任せ、隠居の身です。こちらは、女房の兼《かね》でございます」

吾平は丁寧に頭を下げた。宿の主人だっただけに、如才ない。指が節くれだっているところを見ると、畑仕事もやっているのだろう。着物は上等なのを着てきたようだが、江戸ではやはり地味過ぎて垢抜けない。

「このたびは、わざわざ江戸までお出かけいただきまして」

お沙夜が左内と並んで一礼すると、吾平は恐縮したように手を振った。

「いえ、とんでもない。佳代さんが殺されたと聞きましたので。本当ですか」

「はい、残念なことですが」

「下手人は捕まっておりませんのですか」

「はい、未だに」

さすがに甲州屋のことは、まだ言えない。

「そうでございますか。佳代さんも、何ともお気の毒な人ですなあ」

吾平とお兼は、肩を落とした。

「八王子ではせっかく命が助かったというのに」

「あの、あなた方が佳代さんを助け出したと聞きましたが」

お沙夜が尋ねると、吾平は黙って頷いた。

「どんな様子だったのですか」

吾平はお兼と顔を見合わせた。何故か、少し躊躇っているようだ。が、すぐに心を決めたようで、お沙夜に向かって話し始めた。

「あの晩、戌の刻（午後八時頃）には寝ておりました。江戸と違いまして、夜は早いです。それからたぶん、一刻かそこら経ってからではないかと思いますが、急に何か騒がしい音がして目を開けますと、外が明るくなっていまして。火事だ、と勘でわかりました。で、こいつを起こして、表に飛び出したんです。そしたら、升屋さんの母屋から火の手が上がって……」

お兼が身を震わせた。恐ろしい光景を思い出したようだ。

「すぐ、駆け付けたんですか」

「はい。表は火が回りかけてたんで、裏へ行きました。旦那さんや佳代さんは大丈夫か、と思って。裏は煙が巻いてましたが、まだ何とか入れたんです。お兼に待ってろと言って、勝手から台所に入って、大声で呼んでみたんですが、答えはなかったです」

「この人に、危ないからやめろって言ったんですけど、大丈夫だってそのまま駆け込んじまって」

お兼が口を挟むのを手で止め、吾平は続けた。

「台所から板敷に上がって、次の間を見たところで、佳代さんが倒れてるのに気が付きまして。それで慌てて駆け込みました。大声で、大変だって叫んだもんで、女房も飛び込んできまして。煙がだいぶ巻いてましたから、落ちてた手拭いを佳代さんの口に当てて、二人がかりで運び出したんです」

「旦那さんご夫婦は、見つからなかったんですね。奉公人は居なかったんですか」

「下女と下男が一人ずつ居たんですが、これも見当たりませんでした。後で二人とも、焼け跡から見つかりまして」

それは今まで知らなかった。では、升屋で死んだのは四人ということだ。

「佳代さんは、見つかったときはどんな様子でした」

「はい、それは……」

吾平は言い難そうにお兼を見た。お兼も困った顔をしたが、吾平に代わって先を話した。

「それがねえ、あられもない姿で倒れていて……寝間着をすっかりはだけて、気を失ってました。初めは死んでるのかと思ったんですが、近寄ってみると幸い、息がありまして。急いで着物の前を直して抱きかかえて、それでどうにか」

お沙夜は顔を強張らせた。

「手籠めにされていた、ということですか」

吾平とお兼は、俯いて小さく「はい」と答えた。

「佳代さんはそのとき……」

「十二です。下手人は、とんでもないけだものですよ」

「そうですか。わかりました」

お沙夜は感情を抑えて、淡々と言った。そこで今まで柱にもたれ、黙って聞いていた左内が、口を開いた。

「下手人は升屋が情けをかけて泊めてやった者らしい、と彦次郎から聞いたが」

「はい、左様です。村に、あのような恐ろしいことをする者は居ません。升屋さんは、近在の者に慕われこそすれ、恨まれるお方ではございません」

「升屋がその晩、誰かを泊めてやるのを見た者が居るのか」

「いえ、升屋さんに入るのを見た者は居りません。ですが、手前どもの方に……」

吾平が言いかけるのに、左内は驚いて身を起こした。

「何、あんたは下手人を見たってのか」

吾平は慌てて、左内を制した。

「まあお待ち下さい。実はその晩、宵の口ですが、商人風の男がうちの宿に来まして、財布の中を見せ、これで泊まれないかと聞いたんです。見ると、小銭ばかりで五十文足らず。素泊まりでも、さすがに無理なんで、そう言って断りました。男はがっかりしたようで、黙ってそのまま出て行きました」

「そいつは、一人だったか」

「会ったのは一人なんですが……どうも後ろを気にしてたんで、こりゃあ連れが外で待ってるのかな、と思いましたよ。どのみち、五十文足らずでは一人分にもなりませんから、聞きませんでしたが。でも、うちの近所のお百姓で甚助《じんすけ》さんというのが、畦道の脇の暗がりでぼそぼそ話し込んでる旅姿の二人連れを見つけて、声をかけたって言うんで」

「ほう。あんたの宿に来たのは、その二人連れの片割れだったんだな」

「ええ、そうだろうと思います」

「甚助さんとやらは、何て声がけしたんだい」

「それが、泊まるところもなしに困っているようだったんで、当てがないなら升屋さんにお願いしてみな、と言ったそうです。そいつらは礼を言って、甚助の指さす升屋さんの方へ向かったようですが、皆でこの話を八王子から出張られたお役人に申しましたところ、そいつこそ下手人に違いあるまい、となった次第で。後から甚助さんは、自分が盗賊を升屋さんに案内しちまったんだと言って、大泣きしていましたよ」

「そうか。吾平さん、あんた命拾いしたな」

「えっ」

吾平とお兼は、何のことかわかっていないようだ。左内は苦笑して、続けた。

「そいつは、連れが何人居るか言わなかったんだろ。普通、宿に泊まるなら真っ先に人数を言うはずだ。一人分の宿賃もなかったってのは、何かあって路銀を失ってたんだろう。もしあんたがそいつを泊めていたら、一人で部屋に入った後、夜中に仲間を手引きして、あんたの宿を襲い、有り金を奪うつもりだったのさ」

「ああ、はい、それは手前もあるいは、と思いました。それもあって、泊めるのを断ったんですが」

「それだけじゃねえ。畦道の脇で話し込んでたってのは、二人してあんたの宿に押し入る算段をしてたんだ。そこへ甚助さんが升屋のことを話したんで、襲うならそっちの方が割がいいと鞍替えしたんだよ」

それを聞いて、吾平とお兼は真っ青になった。そこまで考えていなかったとは、いかにも呑気な話だ。

「吾平さん、その男の顔、覚えてますか」

震え始めた吾平を宥《なだ》めてから、お沙夜が聞いた。吾平は済まなそうに溜息をついた。

「あのときはお役人に、覚えてる限りの人相を話しましたが。でも今じゃ、十二年も経ってますからねえ。正直、何とも」

これは吾平の言う通りだ。十二年経てば記憶も薄れるし、下手人の風貌もだいぶ変わっているかも知れない。それでもお沙夜は、聞いてみた。

「面通ししてほしい人が居ます。明日、お迎えに来ますのでお付き合いいただけませんか」

「えっ、面通しですか」

あの下手人にもう一度会う、と考えて怖気づいたのか、吾平が顔を歪めた。

「ご心配なく。相手から見えることはないようにします。相手だって、十二年前に一度会っただけのあなたを、江戸の街中で見て気付くとは思えません」

そう言ってやると、お兼はまだ心配そうだったが、吾平は何とか承知した。

それから、佳代のことを聞いた。助け出された佳代は、数日の間、吾平の宿で養生していた。最初は恐ろしさから口もきけなかったが、少し落ち着いてからは、ずっと泣いて過ごしていたそうだ。間もなく府中から親類が来て引き取られていったが、親類の態度にお兼はあまりいい印象を受けなかった。それで心配はしていたのだが、こんなことになって残念で仕方がないと、二人はまた悄然とした。


筋違橋を渡り、左内と別れたお沙夜は、彦次郎と共に仲町の長屋に戻った。帰り道、お沙夜は唇を固く結び、終始無言だった。

「あの……姐さん、大丈夫ですかい」

さすがにお沙夜の様子が気になったらしい彦次郎が、家に入ろうとするお沙夜に後ろから声をかけた。お沙夜は振り向き、きっと彦次郎を睨んだ。

「外道だよ」

「えっ」

自分のことではない、とさすがにわかったようだが、滅多にないほど厳しいお沙夜の目付きに、彦次郎は明らかにたじろいでいた。

「佳代さんは、同じ奴に二度、犯された。そして一度目はたまたま生き残ったけど、二度目には死んだ。二度、殺されたのと同じだ」

抑揚のない低い声で、呟くように言った。言葉に込められた激しい怒りが、彦次郎にも伝わったようだ。地獄の鬼女を見るような目付きで、一歩引いている。

「やったのが甲州屋であろうと誰であろうと、これは底なしの外道の所業だ。絶対に許さない」

お沙夜は静かにそう言うと家に入り、彦次郎の目の前で、後ろ手に戸を閉めた。

五

翌日の昼過ぎ。お沙夜と彦次郎は、吾平とお兼を伴い、富ケ岡八幡に近い小料理屋の二階に陣取っていた。甲州屋の店から三町ほどのところだ。材木問屋の多くは、木場と称されている界隈に連なる材木置き場に、材木を貯めている。甲州屋は二日おきに木場へ材木の様子を見に行っており、その行き帰りにこの店の前を通っていた。行くのはいつも昼過ぎから、ちょうど今時分である。

彦次郎は欄干に肘をかけて、小半刻ほども通りを見下ろしていた。

「彦さん、代わるからあんたもお食べなさいな」

彦次郎の膳は、ほとんど手つかずである。お沙夜がそう言っても、彦次郎は「もう少しですから」と、ずっと窓辺に張り付いていた。昨日のお沙夜の怒りを目にして、彦次郎にも何か感じるところがあったのかも知れない。吾平とお兼は、落ち着かなげに時折り顔を見合わせながら、箸を動かしている。

「あ、来やした」

彦次郎がさっと顔を向け、吾平に手招きした。吾平は箸を置いて立ち上がり、急いで窓辺に寄った。お沙夜も続く。

「あの真ん中の男です。わかりやすかい」

彦次郎が三人連れを指差した。真ん中は正しく甲州屋嘉右衛門だ。左の半纏を着た若い衆は、木場人足の小頭《こがしら》だろう。右の羽織姿の中年は、正蔵とかいう番頭だ。

三人は見下ろすこちらに気付きもせず、堂々と通りを進んで行く。吾平は眉間に皺を寄せ、じっと甲州屋を見つめた。

甲州屋たちが料理屋の前を通り過ぎ、後ろ姿になったところで、吾平が「ふう」と大きな溜息をついた。

「どうですか、吾平さん」

お沙夜が聞くと、吾平は眉を下げ、情けなさそうに言った。

「はあ、似てるような気もします。ですが申しました通り、十二年前に薄暗い中でちょっと見ただけですから、あの男だと言い切るのはちょっと。それにあのときの男は、もっと痩せていました」

「そうですか。仕方ありませんね」

駄目もと、と思ったが、やはり無理だったようだ。この十二年の間に、甲州屋も貫禄が付いてしまっている。面影が残る程度では、どうしようもない。

「お手間を取らせました。後はこの彦次郎が案内しますから、ゆっくり江戸見物でもなさって下さい。私はこれで、失礼します」

見切りをつけたお沙夜は、席を立った。吾平とお兼は、「申し訳ございません」と並んで深々と一礼した。

木場へと向かう嘉右衛門は、上機嫌だった。今朝がた、谷田部主馬からの書状が届いたのだ。早速読んでみると、先日の会合で嘉右衛門が望んだ条件のうち、藩御用達の看板はすぐにも段取りできる、その他についても、御留守居役が前向きに考える、とのことで、明後日にもう一度会いたいと記されていた。

事は思う通りに運んでいる。嘉右衛門はそう確信した。後は八千両の調達だ。それも、正蔵の話では数日で目鼻がつくはずだった。その他に、害になりそうなことと言えば……。

「旦那、お気付きでしたかい」

傍らを歩いていた、半纏を着た若い衆が言った。嘉右衛門はちらと目をやり、

「何だ」と問うた。

「さっきの料理屋の二階から、こっちをじっと見てる奴が居やした。一人は爺さんですが、もう一人はあいつです。あともう一人、女が居たようですが、顔は見えやせんでした」

「料理屋からこっちを見てた？　何のつもりだろう」

「わかりやせん。尾けられてるわけじゃありやせんし」

「あいつだってのは、確かだな。彦次郎、とか言ったか」

「へい、それは間違いねえです。隣の爺さんは、見たことねえ奴です」

半纏の若い衆は、一見すると木場の頭のようだが、実は赤羽《あかばね》の紀三郎《きさぶろう》というやくざ者だった。ちょっとした汚れ仕事が必要になったときや用心棒代わりに、たびたび嘉右衛門が雇っている男で、手下も四人ほど抱えている。

「どうしやす。尾けてみますかい」

紀三郎に言われて、嘉右衛門は少し考えた。磯原藩との話があってから、嘉右衛門は紀三郎に周りで妙な奴が嗅ぎ回っていないか、調べさせていた。大袈裟とは言えない。実際、少し前に自分を強請りに来た若いのが一人、居たのだ。それ以来、嘉右衛門も用心深くなっている。

そこで引っ掛かったのが、彦次郎という男だ。嘉右衛門の評判や出自、特に棚屋との関わりについて、聞き回っているのを紀三郎が見つけたのだ。指物職人ということだが、さほど仕事をしているようではない。この前の若い男と同様に強請りなどを生業にしているのか、誰かの差し金で動いているのか、その辺を確かめるよう、紀三郎には命じていた。その相手が、こんなところに顔を出すとは。

「よし、尾けてみろ。どういう動きをするのか、知りたい」

紀三郎は、承知しやした、と応じて、次の角で嘉右衛門と別れ、左に折れた。富ケ岡八幡の境内を抜けて、さっきの料理屋の裏手に出るのだろう。

「旦那様、気になりますか」

紀三郎の後ろ姿を見送っていると、正蔵が声をかけてきた。

「ああ。彦次郎とかいう奴、いったい何を摑もうとしてるのか」

「その男が聞き回っていることを考えますと、やはり棚倉屋の火事のことでは」

「今さらそんなことをつついても、何も出やせんぞ。奉行所のお調べも終わって、もう七年も経ってるんだ」

「まだ燻っている噂を聞きかじって、金にしようと動き回っているのではありませんかな」

「その程度ならどうということはないが、大事の前には用心せんとな。この前の男のようなことがあれば……」

「旦那様」

正蔵が顔を顰め、嘉右衛門は慌てて口をつぐんだ。

「とりあえずは、紀三郎に任せておきましょう。彦次郎とやらをおとなしくさせる手は、幾らでもございましょうから」

正蔵がそう言ったところで、行く手に積まれた材木の山が見えて来た。嘉右衛門は正蔵に向かって肩を竦め、こちらに気付いて出て来た人足頭に手を振った。

紀三郎は、暮れ六ツになって店を閉めたすぐ後に、甲州屋に現れた。昼間の半纏姿とは違い、羽織姿になっている。

「旦那、お待たせしやした」

正蔵に案内されて来た紀三郎は、座敷の嘉右衛門に軽く頭を下げ、その前に座った。

「あの料理屋を出た後、彦次郎は爺さんとそのかみさんらしいのを連れて、富ケ岡八幡へ行きやした」

「ほう。そこで何を」

「いや、ただのお詣りでさあ。それから行ったのは回向院、で、両国広小路をちょっと歩いて、浅草寺です。そこでお詣りして、連雀町の宿へ入りました」

「何だいそりゃあ。お上りさんの江戸見物じゃないか」

嘉右衛門が呆れたように言うと、紀三郎は苦笑して頭を掻いた。

「おっしゃる通りで。いかにも田舎者らしい爺さん婆さんですから、おおかた親類の江戸見物にでも、付き合ってたんじゃねえですかい」

「ふうむ……」

江戸見物の案内のついでに、自分たちを見張っていたとでも言うのか。どうも釈然としなかったが、親類か何かを使って、目立たぬよう偽装したとも考えられる。

「どこの誰なのか、宿で聞いてみなかったのか」

「聞きやしたが、宿の亭主に知らねえ相手に客のことは教えられねえ、と突っぱねられやした。脅して聞くわけにもいかねえんで」

もっともな話だ。仕方あるまい。

「年寄り夫婦は、どんな感じだ。本当に田舎者か」

「え？　へえ、いかにも田舎の百姓って感じの、垢抜けない連中でしたぜ。両国広小路じゃ、人混みに驚いたのか、目を見張ってきょろきょろしてやしたからねえ」

紀三郎がそこまで言うなら、害のない者たちだろう。

「彦次郎の方は、宿から長屋に戻ったのか」

「へい。真っ直ぐ帰りやした」

「そうか。わかった。しばらく彦次郎の動きを見て、また何かわかったら知らせてくれ」

「承知しやした。で、旦那、あと一つ」

紀三郎は、思わせぶりな言い方をして、狡そうな笑みを浮かべた。ふん、一番いいネタは最後に取っておき、値打ちをつけるというわけか。嘉右衛門は胸中で小馬鹿にしながら、話を促した。

「あのとき、料理屋に女が居たようだ、って話はしましたよね」

「ああ。そりゃあ、その婆さんじゃないのか」

紀三郎は、ニヤリとしてかぶりを振った。

「もう一人、居たんですよ。念のため料理屋で確かめたら、彦次郎と年寄り夫婦の他に、女が。あっしが行く前に帰っちまってやしたがね」

「ほう、どんな女だ」

嘉右衛門はさすがに興味を引かれた。紀三郎は、得たりとばかりに膝を進めた。

「年の頃なら二十四、五。渋皮の剝けた別嬪だった、てぇことで。誰なのかはわかりやせんが……」

「勿体をつけるんじゃない。さっさと言ったらどうだ」

「失礼しやした。実は、彦次郎の長屋に文字菊って常磐津の師匠が居るんですがね。これがちょうど、その年恰好の別嬪なんですよ」

「常磐津の師匠だと？　彦次郎の女なのか」

嘉右衛門はちょっと失望した。彦次郎が自分の女に手伝わせている、というのなら、別に意外な話ではない。

「そうじゃありやせん。この師匠、本名はお沙夜ってんですが、なかなかの人気らしくて、大店の主人や隠居が何人か、弟子になって通ってるそうです。彦次郎なんぞにとっちゃ、高嶺の花でしょう。あの周りでこれ以上聞き回ると、こっちのことが知られちまうんで、控えておきやしたが」

「じゃあ、何で彦次郎と一緒にあの料理屋に」

「そいつは、まだ。まあ、任せて下せえ。しっかり探り出しておきやす」

勿体をつけた割には、大したことは摑んでいないようだ。こちらの気を引いて、駄賃をもっとせびろうという肚だろう。見え透いているが、お沙夜という女は確かに気になる。嘉右衛門は財布から一分金を四枚出すと、そのまま紀三郎に渡した。紀三郎は追従するような笑みを浮かべ、「じゃあ、あっしはこれで」と言って退散した。

「今の話、どう思う」

紀三郎が居なくなってから、嘉右衛門はそれまでじっと二人のやりとりを聞いていた、正蔵に話しかけた。

「さて、あれだけでは何とも。お沙夜という女、少々気にはなりますが」

嘉右衛門はしばらく考え込み、眉間に皺を寄せた。

「まさか、八王子に関わりのある女じゃあるまいな」

「旦那様」

正蔵が険しい顔になり、嘉右衛門は「わかっている」と言ってその先を控えた。

「あの亮吉とか言った男、その仲間ということもあり得るか」

「それはありますまい。そんな仲間が居たら、一人でのこのこ、強請りに現れるはずはございません」

「亮吉の素性、きちんと聞き出しておけば良かった。少々急ぎ過ぎたな」

「それは今となっては、仕方ないことでございます」

正蔵は肩を竦めるように言い、嘉右衛門は頷くしかなかった。

「とにかく紀三郎に、お沙夜とやらの素性を詳しく調べるよう、私からも言っておきましょう。八千両の大事の前でございますから」

「うむ。心配事の種は、できるだけ取り除いておかねばな」

嘉右衛門は腕組みして、呟くように言った。磯原藩とのことは、甲州屋が江戸一番の材木商となるための最初の階《きざはし》だ。誰にも邪魔させるつもりはない。

六

翌々日夕刻、前回と同じ駕籠かきが甲州屋の表にやって来た。嘉右衛門は、正蔵に送られて駕籠に乗った。呼ばれた先は、やはり前回と同じ横網町の富安だ。

富安に着いて通されたのは、これも前回と同じ部屋だった。座って待つと、前よりも早く谷田部と内山が現れた。

「先日に続き、ご足労をかけるな」

座につくと、谷田部は前置き抜きで言った。

「何をおっしゃいます。お呼びとあれば、どちらへも参上いたします」

嘉右衛門は、如才なく応じた。

「では、早速ではございますが……」

「わかっておる。先日の話について、御留守居役様にお伺いを立てた。安心せい。そなたの望みに沿うよう、善処いたすことと相成った」

「おお、左様でございますか。ありがとうございます」

嘉右衛門は殊勝に畳に両手をつき、深く頭を下げた。

「全てお聞き届けいただけた、ということでございますな」

念を押すと、内山が不快そうな表情を浮かべた。押し過ぎたか、と思ったが、谷田部は気にしていないようだ。

「いかにも。藩御用達については、何も差し障りはない。他の材木仲間云々、についても、殿がご出世あそばされた暁には、大事あるまいとのことであった」

谷田部は鷹揚に言った。江戸留守居役の藤田から、しっかりした言質を得ているのか。出世払いという話だから、まだ先のことと高をくっているのか。嘉右衛門としては、あまり軽く構えられるのも良くない。

「そのお約束の書状も、よろしくお願いいたします」

一応、釘を刺した。さすがに谷田部の顔からも、一瞬笑みが消えた。それでも、すぐに表情は緩んだ。

「御留守居役様の名で用意する。それは、八千両と引き換えに渡す」

「結構でございます。ご無理を申しました」

嘉右衛門は満足して、再び一礼した。

「では、こちらが証文でございます。お確かめの上、御奉行様の御署名と御印をお願いいたします」

内山が証文を受け取り、谷田部に渡した。谷田部は一瞥すると「うむ」と頷き、内山に戻した。

「相わかった。これも八千両受け取りの際、署名したものを返す」

「八千両でございますが、月末にお屋敷の方へお届けする、ということでよろしゅうございますか」

足りていなかった二千五百両のうち、五百両は既に借り入れできていた。あと千両も、三澤屋《みさわや》という店から借り入れできる手筈になっている。

嘉右衛門はそのことを思って、眉根を寄せた。三澤屋は口入屋で、岡場所や怪しげな宿屋なども持っており、何かと噂のある男だ。金も貸すが、利息は高い。そんなところから借りねばならないのは癪だが、背に腹は代えられなかった。

借りられるのはそれが限度だ。残る千両は、自分で何とかせねばならない。

（少々無理をしても、やるしかない）

甲州屋が商いに障りなく出せるのが四千両、と言っても、やり繰りであと千両、上乗せできないこともあるまい。その先は、才覚だ。ここで辛抱すれば、後々数倍、数十倍で返って来るのだから。

「うむ、それなのだが」

谷田部は、誰も聞いていないにも拘わらず、声を落とした。

「江戸屋敷では、少々都合が悪い」

「ははあ、なるほど」

嘉右衛門は、したり顔になった。

「宮田左馬之介様のことでございますな」

「知っておったか」

谷田部が眉を上げた。

「八千両を調達したこと、宮田様には知られたくない、というわけでございますか」

谷田部と内山が顔を見合わせた。なるほど、そういうことか。この八千両は、やはり幕閣に向けて使われるのだ。賄賂にする金を商人から借りたことがわかれば、反発する家臣も多いだろう。そうした反発を利用して、藩内での実権を得ようと考える者も居るだろう。宮田はそうした一派の旗頭に違いない。

「承知いたしました。では、どちらで受け渡しを」

「押上《おしあげ》に、我が藩の別邸がある。殿がお忍びで使われることもあるが、主に内々の会合に使っておる。そこで受け取ろう」

「そちらならば、見つからないのですか」

「普段は、下働きが何人か居るだけじゃ。蔵もないので、大金を置くような場所には見えぬ。一旦はそこへ置き、番士を配する。それから下屋敷へ運ぶ」

「下屋敷は、大丈夫なのでございますか」

「運び入れる際は、宮田の息のかかった者を遠ざけておく。普段閉めたままの蔵があるので、金はそこに隠す。金を納め終えたら、殿にお知らせする。殿のお耳に入れば、宮田らももはや手出しはできぬ。既に八千両は藩のもの、つまり殿の御支配になっておるのだからな」

嘉右衛門は頭の中でこの話を考えた。どの藩でも、江戸での主たる屋敷は上屋敷で、主だった家臣はそこに詰めており、下屋敷は上屋敷に何かあったときの備えとして、少数の家臣を置いているだけだ。その中で宮田の一派に属する者を一時遠ざけるぐらいなら、難しくはあるまい。谷田部の言う段取りで、うまくいきそうに思えた。

「得心いたしました。それでは、お指図の通りに。ご別邸の詳しい場所をお聞かせいただければ、月末に運び入れます」

「うむ。遺漏があってはならぬゆえ、この内山と藩士を二人、警護を兼ねて迎えに出す」

「かしこまりました。では、月末に全て揃え、お待ちいたしております」

八千両の運搬に用心棒を雇うべきかと考えていたのだが、藩士を付けてくれるなら有難い。

「受け取りの際は、御留守居役様にも御同席いただく。その場で、望みの書状を渡す。それで良いな」

嘉右衛門に否やはなかった。

「結構でございます。何卒、よしなに」

どうやらうまく運んだ。嘉右衛門は全て承諾し、平伏した。ちらと上目を使うと、谷田部の顔にも安堵が浮かんでいるのが見て取れた。

「思惑通りに運びまして、良うございました」

店に戻った嘉右衛門から話を聞くと、正蔵も顔を綻ばせた。が、すぐ真顔になった。

「ではあと千両、店から出さねばならないわけですな」

「そんなに難しい顔をするな。やってやれないことはあるまい」

「それはまあ、何とかいたしますが」

正蔵が渋い表情になるのもわかる。店の資金から五千両出してしまうと、甲州屋は材木の仕入れ代金にも事欠くことになる。だが、それは嘉右衛門に言わせれば、工夫できない話ではないはずだった。

「受け取りと支払いの順序をうまく調節すれば、ぎりぎりかも知れんが、泳げるだろう」

「綱渡りになります」

正蔵は不安そうだ。頭ではできそうだとわかっていても、少しの計算違いで行き詰るようなやり方をしていいのか。番頭としては、当然悩むだろう。

「わかっている。しかし、やるだけの値打ちはある」

「一件でもうちへの払いが遅れれば、将棋倒しになりますぞ」

「ひと月かそこら、しのげればいい。そうすれば、また金はうまく回り出す」

半ば自分に言い聞かせるように言った。大丈夫、やれる。嘉右衛門は、七年前のことを思い出していた。

あのとき、嘉右衛門は本当に切羽詰まっていた。当時の甲州屋は小売りの材木商だったが、次々に客先を増やし、やり手との評判を取っていた。それで棚倉屋にも見込まれたのだが、内実はそれほど上等なものではなかった。一気に手を広げ過ぎたのだ。評判が先行したため、つい調子に乗って客先の見極めが甘くなり、多くの焦げ付きを抱えてしまっていた。

棚倉屋に婿入りできれば、それも帳消しにできるはずだった。だが、土壇場で娘が心変わりした。嘉右衛門が財産目当てだということは、娘もある程度承知していたはずだ。だが、何度か会ううち、嘉右衛門の内に何かを見たらしい。冷酷さだろうか。狡さだろうか。それは嘉右衛門自身にもはっきりとはわからない。しかし、娘が嘉右衛門との縁談を終わらせようとしている気配は伝わった。その上、棚倉屋も甲州屋の台所事情に薄々気付き始めた。それが世間に漏れれば終わりだ。嘉右衛門にとって、猶予はなかった。

あの晩、燃え上がる棚倉屋の離れを、通りから見つめていたときのことは、死ぬまで忘れないだろう。まとわりつくように落ちて来る火の粉は、己の罪深さを苛んでいるかの如く思えた。激しい炎は、自分を待ち構える地獄の業火そのものに見えた。自分に向いた下女の視線に気付くまで、嘉右衛門はただじっと立ちつくしていたのだ。

　役人は証拠を挙げることができず、嘉右衛門がお縄になることはなかった。材木問屋仲間はこのまま棚倉屋が消えてしまうのを良しとせず、嘉右衛門に後を任せた。無論、各所にそれなりの袖の下が渡されたのだが、割合にすんなり事は運び、棚倉屋の身代は嘉右衛門のものになった。世間の噂も、甲州屋の先行きを脅かすほどにはならなかった。

（そうだとも。これまでも、窮地を何とか乗り越えて来たんだ。それに比べれば、大したことではない）

　嘉右衛門は自信を呼び起こした。そう、棚倉屋の一件も、最悪ではなかった。一番酷かったのは、八王子だ。十二年前のあのとき、自分はほとんど文無しにまで追い込まれていた……。

「旦那様」

　正蔵の呼びかけで、我に返った。

「ああ、済まん。ちょっと昔の厳しかった頃を思い出してな」

「左様でございますか」

　正蔵は、眉をひそめた。

「思い出すのは、およしなさいませ。甲州屋は、今は立派な大店でございます」

たしなめるように言ってから、正蔵は居住まいを正した。

「わかりました。あと千両、何としても捻り出しましょう。打てるだけの手は、打ちます」

「よし、頼んだぞ」

正蔵の言を受け、嘉右衛門はほっと一息ついた。

七

「七年前の棚倉屋の火事？　何だってそんなことを聞くんだい」

神田久右衛門町《きゅうえもんちょう》の蕎麦屋で、昼飯の蕎麦を啜りながら、山野辺市之介は怪訝な顔をした。

「いえね、お万喜さんから、亮吉さんが大工の棟梁にそのことを尋ねてたって、聞いたもんですから。ほら、亮吉さんが殺される前に姿を見られた、小梅の辺り。甲州屋さんの寮もあるんでしょう。それで、もしかしたら亮吉さん、そのネタで甲州屋さんのところに行ったんじゃないか、って思いまして」

山野辺の向かいに座ったお沙夜は、いくらか声を低めて話した。一生懸命考えました、というような真剣な顔を作っている。山野辺はそんなお沙夜の顔を見て、頷きながら笑みを見せた。

「へえ、お沙夜さん、目の付け所がいいじゃねえか」

一言褒めてから、山野辺は真面目な顔になった。

「実はな、俺たちもその辺は調べてある。亮吉が甲州屋を強請りに行ったんじゃねえか、ってことは、真っ先に浮かんだんだ。で、棚倉屋の件ももう一度調べてみた。だがやっぱり、甲州屋が付け火をやった、なんてことはなかった」

「え、間違いなくそうなんですか」

「ああ。調書に拠ると、あの晩、棚倉屋で火が出たのは九ツ過ぎだ。甲州屋は棚倉屋で晩飯を食った後、五ツには店に帰ってる。近所の者が、帰って来る甲州屋を見てるんだ。当時の甲州屋の店は、棚倉屋の店、つまり今の甲州屋のある中島町から堀伝いに六町ほど北へ上がった永堀町の、仙台堀に面したところにあった。棚倉屋の手代は、甲州屋が棚倉屋を出たのは五ツ少し前だった、と言ってる。甲州屋は、真っ直ぐ帰ったんだ」

「そのまま、ずっと店に居たんですか」

「中島町の隣、北川町の長屋に住んでた木場人足の頭が、火事に気付いて甲州屋に知らせに走った。出て来た番頭に甲州屋を叩き起こしてもらい、一緒に棚倉屋に戻った、と言ってる。火が出たとき、甲州屋は自分の店に居たんだよ」

「番頭って、正蔵さんとかいう今の甲州屋の一番番頭さんですか」

「そうだよ。よく知ってるなあ」

「ええ、まあ少しは。でも、甲州屋さん自身でなくても、誰かにやらせることはできるでしょう」

「そりゃあ、奉行所でも考えたさ。でも、甲州屋の周りにそういう奴は居なかった」

蕎麦を食べ終えて、丼を横に寄せた山野辺は、肩を竦めた。

「お沙夜さんの思う通り、奉行所も真っ先に甲州屋を疑ったんだよ。けど結局、奴は白だった。無罪放免てわけだ。巷じゃ、未だに噂が消えてねえけどな」

「そうなんですか……済みません、浅知恵でしたね。山野辺様のお助けになれたら

ようだ。

「えっ、そうかい。そいつは気を遣わせちまったなあ」

　お沙夜に済まなそうな顔でそんなことを言われ、山野辺はすっかり舞い上がった
と思ったのに」

「いや、お沙夜さんも俺たちと同じくらい目が利くんだな。大したもんだよ」

　鼻の下を伸ばしながら、山野辺は続けた。

「正直、亮吉の狙いが何だったのか、何をしに小梅に行ったのか、まだよくわかっちゃいねえ。もしかすると、つまらねえネタで揺さぶりをかけようとしたかも知れねえ。甲州屋も今は立派な大店だ。棚倉屋のことを蒸し返せば、小遣い稼ぎになると踏んだのかもな」

「そうかも知れませんねえ。さすがは山野辺様です」

「うん、だからお沙夜さん、済まねえなどと思わず、何か思い付いたら遠慮なく俺に言ってくれ。案外素人の目が、的を射てることもあるんだ」

「はい、わかりました。山野辺様のお役に立てるなら」

　そう言って上目遣いに見ると、山野辺は「おう、ありがとうよ」と胸を張って領

いた。それからすっと立ち上がり、じゃあな、と手を振ってから、肩で風を切るように大股で通りへ出て行った。

お沙夜は「御役目ご苦労様です」と頭を下げ、山野辺を送り出してから、腰掛に座り直し、くくっと笑った。これで、奉行所の見方はだいたいわかった。今のところ、これはという見立てに辿り着いていないようだ。お沙夜たちの方が、ずっと先を行っている。

いらっしゃい、という店主の声が響き、縄暖簾をくぐって彦次郎が入って来た。

「どうも、姐さん。山野辺の旦那は、ご機嫌でしたねえ」

「おかげで奉行所が、甲州屋のことをろくに知らない、ってことがわかったよ。八王子のことなんか、これっぽっちも気付いちゃいない」

「へへ、さすがで。姐さんにかかっちゃ、八丁堀の定廻りも骨抜きだ。姐さんの掌で転がされてるなんて、思ってもいねえでしょう」

「余計なことを言うんじゃないの。で、何か新しいネタは」

「申し訳ねえ。昔から甲州屋を知ってる材木屋を二、三軒、当たってみたんですが、目新しいことは出て来やせん」

彦次郎は残念そうに言って、自分も蕎麦を注文した。お沙夜は少し考えた。

「そうか……それなら、正蔵に当たってみちゃどうだろう」

「正蔵？　甲州屋の番頭ですかい」

彦次郎は驚いてお沙夜を見返した。

「棚倉屋を引き継ぐ前から甲州屋にずっと奉公しているのは、正蔵だけだろ。甲州屋の昔のことを知ってるとしたら、あいつだけじゃないか」

「そりゃあ最初っからわかってやすが、奴が口を割るとは思えねえ」

「だから今まで何も聞かなかったって言うの。試してみなきゃわかんないでしょう。当人は話す気がなくたって、言葉の端々で何か手掛かりを漏らさないとも限らないよ」

「へえ、そりゃまあ、そうかも知れやせんが」

彦次郎は気乗りがしない様子だ。その彦次郎の前に、湯気の立つ蕎麦が運ばれて来た。

「ほらほら、愚図愚図言わないでやるだけやってごらんよ。ここは私が払っとくからさ」

お沙夜は立ち上がり、店主に彦次郎の蕎麦代を払うと、頼んだよ、と言い置いて店を出た。

店を出て二、三十間行ったところで、ふと足を止めた。誰かに見られているような気がしたのだ。さっと辺りを見回してみた。神田川に沿った通りを歩いている、数人の姿が目に入る。商家の丁稚、どこかのご新造、孫を連れた年寄り、左官屋の職人。一目で怪しいと思える者は居ない。物陰に隠れたか、気のせいか。

お沙夜は肩を竦め、再び歩き出した。視線が追ってくることはなかった。

彦次郎は、夕方になって長屋に戻って来た。お沙夜に言われた通り、正蔵と話して来たようだ。お沙夜はすぐ部屋に招じ入れ、「どうだった」と聞いた。

「いやあ、やっぱり駄目ですね。旦那のこととなると口が固いや」

彦次郎は生真面目な顔で、面目ねえと謝った。お沙夜も、言ってはみたものの、それほど当てにしていたわけではない。

「ま、しょうがないね。どうやって近付いたの」

「ちょいと工夫が要りやしたよ。さる大店の使いで来た商人に扮しましてね。甲州屋と取引したいと考えてるが、七年前の噂が耳に入ったんで、信じるに足る相手か確かめに来た、ってことにしやした」

「へえ、なかなか凝ってるじゃないの。それで」

「用事で店を出た正蔵を、帰り道に摑まえて、富ケ岡八幡の傍の水茶屋に入りました。その奥で話を聞いたんですが、主人の昔のことをあんまりべらべら喋るつもりはねえ、というようなことを、言葉は丁寧ですがはっきり言いやしたよ。律儀な野郎でさあ」

「律儀だから口が固いのか、それは何とも言えないけどね。何一つ喋らなかったの」

「さすがに、何一つってことはありやせんが。七年前の火事のとき、旦那は確かに店に戻っていて、人足頭が知らせに来たときは自分も起き出して、駆け付けようとする旦那を見送った、って言ってました」

「甲州屋は十六年前に甲州から出て来たんだったね。正蔵もそうなの」

「正蔵も一緒に付いて来たそうです。それから二人で頑張って、商いを広げて行ったんだと」

「へえ、やっぱり同郷だったんだ。幼馴染かも知れないね」

「だから余計なことは言わねえ、ってことですかね。とにかく、当たり障りのねえ話しかしやせんでした」

「それだけじゃ、後ろ暗いことがあるともないとも、言えないか」

お沙夜は歯がゆさを感じて、長火鉢に肘をついた。

「ああ、それからまだありやす。話を寮のことへ持って行きやしてね。こっちも世話になってる大店の寮があの辺にあって、度々出入りしてるんで、甲州屋さんも見かけたことがあると言ってやったんです。で、先月の二十四日にもお見かけしたような気がするが、と持ちかけたんで」

「先月の二十四日？　あ、亮吉さんが殺された日か」

お沙夜は膝を打った。そう言えば、甲州屋があの日、寮に居たかどうかはまだ確かめられていなかった。

「へい。そうしたら正蔵の奴、その日の前後は、川問屋との話があって粕壁《かすかべ》に出向いてて、よく知らねえと言うんで」

「え、それは確かなの」

「へい。さすがに粕壁まで調べに行ったわけじゃありやせんが、丁稚に小遣いをやって聞き出しました。間違いねえようで」

粕壁に行くこと自体はおかしくない。秩父あたりの近在物の材木は、荒川から大川へと筏を組んで運ばれる。その中継ぎをする川問屋と何かの商談をするのは、ごく普通のことだろう。

「じゃあ、少なくとも正蔵は、亮吉さんが殺されたとき、その場に居合わせなかったのは間違いないわけね」

「そうなんで。けど甲州屋が寮に居たのかどうか、その証しは取れやせんでした」

「え、それも丁稚に聞いたんじゃないの」

主人が寮に行っていたかどうかは、秘め事にするほどのことではあるまい。だが、彦次郎はかぶりを振った。

「それが、丁稚の奴、覚えてねえって言うんで。本当かと念を押したんですが、覚えてねえと繰り返すばかり。口止めじゃねえかと、ピンと来やしたぜ」

「口止めしたなら、やましいことがある証しじゃないの」

「それが、そうとも言い切れねえんで。大店が、寮で商いに関わる密談をするのは珍しくないし、そんな場合は奉公人に口止めするのが普通でしょう」

言われてみればそうだ。お沙夜は苛立ってきた。

「どうにも彦さん、歯切れが悪いじゃないのさ」

「面目ありやせん」

彦次郎は、おとなしく頭を下げた。お沙夜はそれ以上言うのをやめた。彦次郎はよくやってくれているのに、八つ当たりしては悪い。人数を使える八丁堀と違って、彦次郎だけでは調べられることにも限界があるのだ。

(仕方ない。まあ、この辺でいいか)

別に御白州に証拠を出すというわけではない。これまで聞き込んだ話で、甲州屋が十二年前に八王子の升屋を襲ったこと、七年前に離れに火を付けて棚倉屋一家を殺したことについては、ほぼ確信が持てていた。無論、わからないことはまだ多くある。十二年前には、甲州屋は既に江戸で店を持ち、商いを広げていた。なぜ八王子などで文無し同然になり、升屋を襲わねばならなかったのか。棚倉屋で火が出たとき、甲州屋は自分の店に戻っていたのに、どうやって火を付けたのか。棚倉屋一家は、なぜ逃げられずに焼け死んだのか。

「姐さん、この先は」

お沙夜が腕組みして考え込んだのを見て、彦次郎が尋ねてきた。お沙夜は心を決めた。

「よし、彦さん、調べはもういいよ。これ以上は出ないだろう。ご苦労だったね」

「あ、そうですかい。それじゃ……」

彦次郎の顔が期待に輝いた。お沙夜はそれを見て、頷いた。

「ここからは、仕掛けの方にかかる。仕込みは充分よ」

残った謎は、仕掛けの後で解く。もしかすると、自ずから解けるかも知れない。いずれにせよ、お沙夜たちの目的は、甲州屋を裁きの場に引き出すことではないのだ。


「今日、昼過ぎに用事で出かけましたところ、彦次郎に呼び止められまして、水茶屋でいろいろと聞かれましたよ」

「何だって。彦次郎に間違いないのか」

寄合から帰って来るなり正蔵に言われ、嘉右衛門は驚いた。

「はい。商人風の服装《なり》をしていましたし、私は彦次郎の顔を知りませんので、後から紀三郎に教えてもらいました。昔のことをしつこく聞いてくるんで、もしやと思っていましたが、やはりそうでした」

「奴はどんなことを聞いたんだ」

正蔵は、彦次郎との話の中身を、かいつまんで話した。嘉右衛門は、不安になってきた。

「少なくとも奴ら、棚倉屋の一件は我々の仕業と信じてるようだな。それに、亮吉とかいう強請り屋を始末したことも」

「そのようでございますな。しかし明らかな証しはございません。ご心配には及びません」

「恐れながらと訴え出るのならともかく、強請りなら疑いだけでも仕掛けてくるだろう。あの亮吉と同じように」

「かも知れませんな」

正蔵は、落ち着いた表情のまま小さく肩を竦めた。あまり動じていない様子は頼もしくもあるが、同時に嘉右衛門を苛立たせた。

「こちらから打てる手はないのか」

「事を荒立て過ぎても藪蛇です。そうそう、紀三郎はもう一つ、大事なことを申しておりました」

「ほう、何だそれは」

「彦次郎は、私のところへ来る前、昼餉をお沙夜と一緒に蕎麦屋でしていたそうです。で、お沙夜と別れた後、一度家へ戻り、改めて表に出て来たときには、商人風の姿になっていた、と。これはつまり……」

「そうか。お沙夜が彦次郎に、お前のところに行くよう指図したんだな。つまり、彦次郎を動かしているのは、そのお沙夜だ」

　嘉右衛門は得心が行くと、正蔵に笑みを向けた。

「さあ、どうする」

「磯原藩の谷田部様に八千両を納めるのは、月末でございましょう。それまで、騒ぎは控えて紀三郎に見張らせます。月末の納金までは、動きを封じておきます」

「そうか、わかった」

　強請られそうなことを磯原藩に知られても拙《まず》い。彦次郎とお沙夜が、磯原藩に雇われて甲州屋の弱みを探っているということも、全くあり得ないとまでは言えない。八千両が無事磯原藩の金蔵に納まるまでは、これ以上彦次郎たちに妙な動きをされぬよう、よく注意する必要がある。紀三郎に見張らせるだけで充分とは思えないが、抑えにはなるだろう。

(もう少しだ)

嘉右衛門は、大丈夫だと自らに言い聞かせるように、胸を反らせた。

第三章

一

「ずっと見張ってやすが、あの彦次郎とお沙夜って女、あれから大して動いてやせんねえ。信濃屋と、安角屋《あずみや》の古手の番頭に話を聞いたぐらいで」

月末もあと二日に迫った頃、紀三郎がそう告げに来た。嘉右衛門は、わかったと頷いた。信濃屋も安角屋も、古くから深川で商いをしている材木問屋だ。おそらく、彦次郎たちは棚倉屋の火事について、或いは嘉右衛門の評判について、聞き込みをしたのだろう。

だが、信濃屋や安角屋の番頭は、嘉右衛門のことについてろくに知りはしない。聞き込んだところで、何も得るものはなかったろう。そんなところへ話を聞きに行ったということは、彦次郎たちは証しになりそうなことを何も摑めないまま、暗中模索しているのだ。

まだしばらく奴らに張り付いていろと命じ、紀三郎を下がらせると、嘉右衛門は安堵の笑みを浮かべた。彦次郎たちは強請って来る気配がない。まだ強請りの決め手を欠いているのかも知れない。いずれにせよ、あと二日だ。一旦八千両を引き渡してしまえば、甲州屋に多少悪い噂が流れたからと言って、磯原藩も手を切るわけにはいかなくなる。

「どうやら月末までは無事に運びそうでございますな」

座敷に控えて聞いていた正蔵が、声をかけて来た。

「ああ、この分だと大事あるまい。だが、あの二人、放っておくわけにもいかんな。八千両を引き渡した後で折を見て……」

正蔵が顔を顰めた。

「紀三郎を使うのでございますか」

「ああ。不都合か」

「不都合と申しますか、あの男は……」

「そう心配するな。確かにこの前は段取りが悪かったが、それはあいつも悟っている。今度はうまく立ち回るさ」

「ではございましょうが……」

正蔵はなおも歯切れが悪い。嘉右衛門は、もういい、と手を振った。

「そのことは後だ。今は明後日のことが肝心だ。用意に間違いはないな」

「その点はご安心を。明日、三澤屋から千両が届けば全て揃います」

廊下を急ぎ足でやって来る足音がして、手代の一人が姿を見せた。手に書付を持っている。

「旦那様。磯原藩のお使いという方が、これを」

磯原藩と聞いて、嘉右衛門はさっと手を伸ばし、書付を受け取った。手代をすぐに下がらせ、早速開いてみる。書かれていたのは無論、明後日の会合についてだった。

「ふむ、日が暮れた後、六ツ半（午後七時頃）に押上の別邸へ運び入れ、そこで受け渡しということだ。別邸の場所はここに書かれている。正蔵、明日でも下見に行って来てくれ」

「ははあ、やはり人目につかぬよう、夜の受け渡しでございますな。承知いたしました。道順を確かめておきましょう。万が一にも間違いがあってはなりません」

正蔵は書付を預かり、懐に入れた。嘉右衛門は、気持ちを引き締めた。もうすぐだ。いよいよ、江戸一番になるための勝負が始まる。

一番落ち着かなかったのは、月末の前の夜だった。三澤屋からの千両が届き、蔵の中に店の日々の商いに使う分と合わせ、一万両を超える小判が納まったのだ。もし何かあったらと考えると、とても安眠できたものではなかった。不寝番を五人も立たせ、紀三郎たちにも表と裏を見張らせたが、その甲斐あってか何事も起きなかった。

月末のその日、嘉右衛門は荷車に八つの千両箱を積み込ませた。菰《こも》でくるみ、布を被せて何の荷かわからないようにし、選りすぐった人足に曳かせた。嘉右衛門自身は、駕籠でその後ろに付いた。頭巾を被った内山四郎左衛門と、その組下らしい侍が二人、目立たぬように警護に付いた。

一行は一ツ目通りをまず北に進み、二ツ目之橋を渡って右に折れ、竪川沿いにしばらく進んでから、三ツ目通りに入ってまた北に向かった。深川でも通行人の多い表通りを、選んで通った。人気《ひとけ》のない裏通りは却って目立つ。嘉右衛門は駕籠の中で、ずっと神経を張り詰めていた。昨日、道順を確かめて来た正蔵が、一行を先導していた。正蔵は別邸に着き次第、万一に備えて店に戻ることになっている。引き渡し自体は、嘉右衛門一人で充分だ。

業平橋を渡り、押上村に入った。日は既に暮れ、駕籠の先棒にも提灯が吊るされている。夜道を人家の少ない方へ向かうので、嘉右衛門はさらに緊張を募らせた。だが、心配するようなことは何も起きなかった。

川沿いに、さらに東へ進む。川の向こう側は小梅村で、甲州屋の寮も近い。引き渡しが終わって店に帰ると遅くなるので、嘉右衛門は寮に泊まるつもりだった。そのため、女も呼んである。深い仲になっている晴吉《はるきち》という深川芸者だ。正蔵をすぐ店に帰す段取りにしたのは、実はそのためだった。

付き添っていた侍が、小走りに前へ出る足音がした。どうかしたのかと思ったとき、駕籠かきが歩みを止めた。

「旦那様、着きました」

駕籠の外から正蔵の声がした。降りてみると、土塀に囲まれた大きな屋敷の前だった。すぐ先に小ぶりの門があり、一行に付き添って来た侍が立っている。内山は到着を告げるため、先に中へ入ったようだ。侍は嘉右衛門が降り立ったのを見て、荷車を門内に入れるよう指図した。嘉右衛門は人足を促し、自分も荷車に付いて屋敷の中へ入った。

「では旦那様、私はこれで戻ります」

正蔵が門の脇に立って一礼した。

「ああ、ご苦労だった。私が乗って来た駕籠で帰りなさい」

正蔵は礼を言って駕籠に乗り込んだ。駕籠かきはすぐに駕籠を担ぐと、向きを変えて「えいほ、えいほ」の掛け声と共に、来た道を小走りに去って行った。急がないと、正蔵を送り届けて駕籠屋に帰るまでに町木戸が閉まってしまう。

「荷を下ろしたら、人足と荷車は返してよい。後は我らが用意した者たちで運ぶゆえ」

侍の一人がそう言い、嘉右衛門は畏まって人足に千両箱を下ろせと命じた。式台に千両箱を積み上げると、人足たちは空の荷車を牽いて引き上げた。店に着いたら、正蔵が応分の駄賃を渡してやるだろう。

人足と入れ違いに、奥から別の侍が出て来て、付き添って来た侍と一緒に千両箱を持ち、一つずつ奥へと運んで行った。

「上がられよ。奥でお待ちじゃ」

江戸留守居役と谷田部は、先に着いて待っているようだ。嘉右衛門は案内に従い、急いで奥の座敷に赴いて正座した。傍らには、八つの千両箱が並べられている。

さして待つこともなく、奥から足音が近付き、嘉右衛門は畳に手をついて頭を下げた。三人の侍が座敷に入って来て、座についた。

「甲州屋殿、いろいろとご苦労をおかけする。面を上げられよ」

谷田部の声で、嘉右衛門は顔を上げた。谷田部が向かって右、内山が左に座している。中央の脇息が付いた座には、五十前後と見える年嵩の侍が座っていた。

「磯原藩江戸留守居役、藤田采女正じゃ。此度は大変世話になる」

中央の侍が名乗った。嘉右衛門はその言葉に、再び一礼した。

「勿体なきお言葉でございます。御留守居役様直々のお出まし、誠に恐縮でございます」

「谷田部から聞いておる。幾つか望みがあるとのことであったのう」

「恐れ入りましてございます」

「よい。用意できるものは用意した」

藤田は鷹揚に言った。どうやらこちらの申し出は全て了承されたようだ。嘉右衛門は胸中で安堵の溜息をついた。

「八千両について、一応改めさせていただくが、よろしいか」

谷田部が言った。嘉右衛門もそのつもりだったので、すぐ懐から鍵を出した。

「ご存分に。鍵はこちらでございます」

内山が膝立ちで進み、鍵を受け取って、並んだ千両箱を順に開けていった。言うまでもなく、中には五十両ずつ紙に包まれた小判がぎっしり詰まっている。内山は丁寧に八つの箱を確かめると、鍵をかけ直した。

「間違いございませぬ」

内山が告げると、藤田と谷田部は満足そうに頷いた。藤田は谷田部の方を向き、目で促した。谷田部は藤田に一礼すると、懐から書状を二通、取り出した。

「こちらが八千両借り入れの証文、こちらが公儀御用達と材木問屋仲間の件についての念書じゃ。改められよ」

「は、ご無礼いたします」

嘉右衛門は、谷田部が畳に置いてこちらに滑らせた書状を取り上げ、開いて中身を読んだ。先日、嘉右衛門が谷田部に求めたことが、そのままに書かれてあった。証文の方は谷田部の署名と公印、念書には藤田の名と花押が記されている。まさに、望んだ通り。嘉右衛門としては、充分であった。

「結構でございます。お聞き届けいただき、御礼申し上げます」

嘉右衛門は再び畳に手をついて、丁寧に礼をしてから書状を懐にしまった。

「よし、これで整った。重畳《ちょうじょう》じゃ」

藤田が笑みを見せると、内山が「誰かある」と呼ばわった。襖が開き、先ほどの侍が顔を見せた。

「千両箱を蔵に納めよ。下屋敷への運び出しは、追って指図する」

二人の侍が、「はっ」と一礼し、座敷に進み出て千両箱を一つずつ持ち上げ、奥へと運び去って行った。

「磯原藩御用達の看板は、後日店の方へ届けさせる。左様、五日もあれば良かろう」

谷田部の言葉で、嘉右衛門はほっと息をついた。

「はい、それでよろしゅうございます」

嘉右衛門の返事を聞くと、内山が手を叩いた。すると間もなく、襖が開いて膳を持った侍が三人と腰元が一人、入って来た。

「事が成った祝いじゃ。少しばかり酒肴を用意した」

「これは、誠に恐縮至極でございます」

侍たちが藤田らの前に、腰元が嘉右衛門の前に膳を置いた。酒と、肴が三皿ばかり。宴席というほどではなく、確かに祝の儀、という趣だ。一礼して盃を手にすると、腰元が銚子から酒を注いでくれた。大名家の腰元からこのようにしてもらうのは初めてのことで、嘉右衛門はすっかり硬くなった。

「甲州屋殿、楽にされよ。今宵はどちらかへ泊まられるのか」

「はい、近所に手前どもの寮がございますゆえ、そちらに」

「左様か。では、当家の者に送らせよう」

「ありがとうございます。お気遣い、恐れ入ります」

それから半刻近く、藤田らは上機嫌で盃を干し、一時緊張した嘉右衛門も、次第にほぐれていった。この後、寮に行ったら晴吉と改めて祝杯を上げ、しっぽりと一夜を過ごす。そう思うと、嘉右衛門の頬は自然に緩んだ。

嘉右衛門が店に戻ったのは、翌日の昼過ぎであった。

「お帰りなさいませ。うまくいきましたようでございますな」

迎えに出た正蔵が、満面に笑みを浮かべた嘉右衛門を見て、言った。

「ああ。何もかも、思い通りになった。見てみろ」

嘉右衛門は谷田部から渡された書状を、正蔵に差し出した。正蔵は恭しく受け取り、書かれていることを読んで、ほう、と感嘆の声を上げた。

「これはまさに、旦那様のお望み通り。よろしゅうございました」

書状を嘉右衛門に返し、正蔵は改めて「お祝い申し上げます」と言った。嘉右衛門は大いなる満足と共に頷いた。

「藩御用達の看板が届いたら、改めて大高屋さんにもお礼に伺わんといかんな」

「左様でございますね。大高屋さんの口利きで始まった話でございますし」

この先、大高屋には商いの上で何か返しが必要だろう。心に留めておかねば。

「ところで、紀三郎から何か言ってきたか」

「いいえ。ですが、あの彦次郎と女の方に、動きはないようです」

そうか、と嘉右衛門は安堵した。あの連中は、こちらと磯原藩のことについては、何も知らないわけだ。磯原藩とのことは強請りのネタにならないだろうが、江戸の材木問屋仲間をこの手に収めるまで、妙な連中に余計な詮索はされたくない。先はまだまだ長いのだ。

「旦那様、紀三郎のことでございますが」

嘉右衛門はその言葉に振り向いた。正蔵は、その顔から笑みを消していた。

「本当に、また汚れ仕事をさせるおつもりですか」

「それは奴しか居ないだろう」

「ですが旦那様、見張り程度ならばよろしゅうございますが、それ以上は」

嘉右衛門は正蔵の言いたいことを察し、眉間に皺を寄せた。正蔵の懸念は、もっともだった。

あの亮吉と名乗った強請りの男。棚倉屋の火事の件で、嘉右衛門が火を付けたのだという証しを摑んでいると匂わせてきた。はったりに違いあるまい、と思って軽くあしらったが、ずっと昔にも似たようなことをしたでしょう、と口に出されたときは驚愕した。八王子、あるいは升屋、という名前こそ出さなかったものの、まさかあのことに勘付いた者が現れるとは、思ってもみなかったのだ。そこで強請りに応じると見せかけ、日が暮れてから寮に来るように言い、紀三郎を呼んだ。のこのこ現れた亮吉を捕らえ、締め上げたまでは良かったのだが。

「あの亮吉という奴、岡場所の女のことまでは吐いたものの、それ以上は喋りませんでしたなあ。じっくりやれば洗いざらい吐き出したかも知れぬのに、紀三郎めが短気を起こしたせいで、台無しになりました」

正蔵に思い出させられ、嘉右衛門は唇を歪めた。紀三郎は亮吉に挑発されて頭に血が上り、そのまま刺し殺してしまったのだ。大慌てで屍骸を運び出し、横川へ放り込ませたのだが、亮吉の素性や住まいは結局確かめられなかった。

粕壁の川問屋に出向いていた正蔵は、戻って嘉右衛門からその話を聞き、大いに慨嘆した。紀三郎は、岡場所を叩けば亮吉の素性も調べがつくと言い張ったが、正蔵は藪蛇になりかねないと差し止め、女を始末する手配りだけにしたのだ。それ以来、正蔵は紀三郎を信用していない。

「あの男とは、手を切る算段をしておいた方がよろしゅうございましょう」

手を切る、と正蔵は簡単に言うが、それは一筋縄ではいかない。紀三郎は、知り過ぎている。奴を放り出せば、今度は奴の方が強請り屋に早変わりするだろう。それを避けるには、始末するしかない。だが、今度はそれを誰がやるのか……。

「今すぐとは申しません。ですが、その用意はしておくべきかと」

「ああ、そうだな。何か手を考えよう」

嘉右衛門としては、そう言うしかなかった。紀三郎がお沙夜とかいう女を殺した後、彦次郎と相討ちになってくれれば言うことはないのだが、そんなに都合良く運ぶとは考えられない。二人を始末させた後、浪人でも雇って闇討ちにするしかあるまい。せっかく磯原藩との話がうまくいって最高の気分だったのに、と嘉右衛門は嘆息した。


紀三郎は、二日ほどして現れた。顔がにやついているところを見ると、何か収穫があったのだろう。

「例の二人ですがね。この三日ほど、薬屋を回ってやすぜ」

「薬屋を？」

「へい。深川から本所の古手の薬屋を十軒ほど。薬を買った様子はねえんで、何をやってるのか、薬屋の一軒でそれとなく聞いてみたんですがね。どうも七年前に売った薬のことを調べてるらしいんで」

「七年前だと。どんな薬だ」

「いや、そこまでは教えてもらえやせんでした。ですが何せ七年前の話ですから、店の方でもそんな昔のことはわからねえ、と言って帰ってもらったそうでさあ」

紀三郎は肩を竦めたが、嘉右衛門には想像がついた。おそらく、彦次郎とお沙夜は、棚倉屋の火事で眠り薬が使われたのではないかと考えているのだ。

その考えは、当たっていた。あの晩、嘉右衛門は棚倉屋親子に振る舞った酒の中に、眠り薬を仕込んでいた。火が出たとき起き出して逃げられなかったのは、薬のせいで熟睡していたからだ。だが、薬屋をいくら当たっても無駄だ。

嘉右衛門は、ほくそ笑んだ。連中も目の付け所はいいが、まだまだ足りない。嘉右衛門が眠り薬を手に入れたのは、博打で身を持ち崩した医者からだった。その医者は眠り薬の代金をたっぷり受け取り、すぐさま江戸を離れている。彦次郎たちがいくら調べようと、見つかる気遣いはない。

「そうか、わかった。あとしばらく、見張りを続けてくれ」

「承知しやした。ええと、それなんですが、旦那」

紀三郎は、下卑たようにニヤニヤしながら切り出した。

「この何日か、手下どもを奴らに張り付けたままで、かかりっきりになっておりやす。ここらでお手当の方を、もうちょっと弾んでいただけると助かるんですがねえ」

何だ、金の無心か。大したことも探り当てられず、金魚の糞のように彦次郎たちの後を付いて回っているだけなのに。嘉右衛門は不快に思ったが、仕方あるまい。奥へ入って手文庫から三両を出すと、縁先で待つ紀三郎のところに戻って、ぶっきら棒に差し出した。紀三郎は目を輝かせて両手で押戴き、礼を言ってそのまま退散した。

嘉右衛門は苦い顔でその後ろ姿を見送った。正蔵の言う通りだ。あいつには、遠からず消えてもらうことにしよう。

二

押上の会合から、五日経った。紀三郎によると、彦次郎たちは薬屋を十五軒回ったところで聞き込みをやめ、今は鳴りを潜めているらしい。眠り薬については、追っても駄目だと諦めたのだろう。嘉右衛門はせせら笑いを浮かべた。

その一方、磯原藩御用達の看板はまだ届かなかった。谷田部が五日もあれば、と言っただけで必ず五日で届くという約定ではないし、そう急ぐものでもない。嘉右衛門はさして気にせず、そのまま待つことにした。

六日経ち、七日経ち、やがて十日が過ぎた。谷田部のところからは、何の音沙汰もなかった。さすがに嘉右衛門は、焦《じ》れて来た。

「一度、江戸屋敷の方へお伺いになっては如何で」

嘉右衛門の様子を見て、正蔵が言った。

「いや、そうは言っても、藤田様や谷田部様のお立場があるからな」

磯原藩上屋敷に出向けば、宮田一派の目に留まることになる。そうなっては、谷田部らにとって具合が悪かろう。今はまだ、彼らの心証を悪くしたくはない。

「磯原藩にも出入り商人は大勢居るでしょう。勘定奉行様のところにならば、その一人として行けば、そう目立つこともありますまい」

「ふむ。まあ、考えてみよう」

十日目は、そのまま暮れた。

翌日になって、嘉右衛門も正蔵の言うことが正しいような気がして来た。やはり、このままなしのつぶてにされては、苛立ちが募るばかりだ。

意を決した嘉右衛門は、駕籠を仕立て、小石川にある磯原藩上屋敷に向かった。宮田一派に見られたくないと言っても、よくよく考えれば連中は嘉右衛門の顔を知らないのだ。甲州屋の名も、おそらくは知るまい。ならば、出入りを求める商人がご機嫌伺いに参上した、ということで良いのではないか。

小石川に近付いてくると、だんだん気が楽になってきた。おそらく大したことではあるまい。これを機会に磯原藩上屋敷の様子を見ておくのも、悪くない。今日は晴吉を寮に呼んである。谷田部に挨拶した後、取引先を二、三軒回ってから、晴吉の膝枕でゆっくり寛ぐとしよう。

磯原藩の屋敷は、数多くの武家屋敷が集まった一角にある。近くには水戸藩の広大な屋敷もあり、それに比べればはるかに小さいが、それでも大名屋敷らしく門構えは堂々たるものであった。

門番に来意を告げると、裏の通用門へ行くよう言われた。そちらに回り、屋号を名乗ってご挨拶に、と告げると、思った通りすんなり通された。式台のところで帳面を広げ、来客を受け付けている祐筆に勘定奉行谷田部様にお取次ぎを、と言った。

「谷田部様に？　面識はおありか」

「はい、お世話になっております」

祐筆は怪訝な顔をしたが、帳面に嘉右衛門の名を書き留め、控えの間で順番を待つよう告げた。

小半刻ほど待ち、座敷に通された。奥には、六十近くに見える小柄な老人が座っている。はてこれは何者だろう、と嘉右衛門は首を傾げた。

「甲州屋殿と言われたな。さて、本日はどのような用向きかな」

老人が声をかけた。嘉右衛門は平伏し、持参した菓子折りを差し出して言った。

「お引き立てをいただきありがとうございます。勘定奉行、谷田部主馬様にご挨拶をと存じ、お伺いいたしました次第で」

「左様か。それはわざわざご苦労である。さて、大高屋殿から御名を聞いた覚えはあるが、前に会《お》うたことがあったかな」

「は？　いえ、お初にお目にかかります。あの、失礼ではございますが……」

取り敢えず、相手の名を聞こうとした。すると老人は、眉をひそめた。

「儂が、谷田部主馬じゃが」

嘉右衛門は、絶句した。前に座る老人は、嘉右衛門の会った谷田部とは似ても似つかない人物であった。

「あ、あの、真《まこと》に谷田部主馬様で……」

「いかにも谷田部じゃ。いったいどうしたというのか」

谷田部の顔に困惑が浮かんだ。嘉右衛門の額に、汗が噴き出した。

「し、しかし、押上の御別邸でお会いいたしましたときには……」

「はて、当藩には押上に別邸などないが」

「そんな。あの場には藤田様や内山四郎左衛門様も……」

「藤田様？　御留守居役のことか。御留守居役は所用にて御不在じゃ。で、その内山四郎左衛門とは、誰じゃ」

谷田部の顔に、次第に疑念らしきものが差して来た。嘉右衛門は、蒼白になった。

「まっ……誠にご無礼をいたしました。これは、何か大きな間違いがあったようでございます。平にお許しを。手前はこれで、失礼をいたします」

嘉右衛門は畳に額をこすりつけ、そう言うが早いか谷田部の声を待たずに座敷を飛び出した。

取り乱して走るように出て来た嘉右衛門を見て、驚いた祐筆が何か言った。嘉右衛門の耳には入らなかった。そのまま表に出ると、待たせてあった駕籠に飛び乗り、大急ぎで押上に行くよう命じた。


押上までの道中、嘉右衛門は混乱する頭で必死に考えた。これは何の間違いか。先日会った谷田部は、今日会った老人より、少なくとも十歳以上若かった。あれが谷田部でないとすれば、何者か。もしかして、宮田一派の誰かが成りすましたのか。であれば、嘉右衛門は藩内の派閥争いに利用されたことになる。あの八千両は、どうなるのか。

あり得る答えは、もう一つあった。が、嘉右衛門は必死でそのことは考えまいとしていた。

日が傾く頃、押上に着いた。前に来たのは夜であったが、道順は覚えている。見覚えのある土塀と門を見つけると、嘉右衛門は駕籠を止めさせ、転がるように降りて門に駆け寄った。当然のように門は閉じられており、叩いてもびくともしない。大声で呼ばわったが、応える声はなかった。

嘉右衛門は土塀に沿って裏へ回った。通用門があったが、そこもやはり固く閉じられていた。他に入れそうな出入口はない。嘉右衛門は仕方なく表に戻り、駕籠かきが呆れた様子で見つめているのも構わずに、再び門を叩いた。音だけが、虚しく響いた。

「もし、いったいどうされたのですか」

騒ぎに気付いたらしい近所の者が、様子を見に出て来た。嘉右衛門は声の方を振り向いた。服装からすると、この辺の寮の下働きだろう。嘉右衛門の顔を見てたじろいだのは、その形相がよほどのものだったからか。

「ここは……ここは、磯原藩の御別邸ではないのですか」

声が震えているのが、自分でもわかった。近所の男は、わけがわからないという表情になった。

「いいえ。立派な土塀と門がありますから、そう見えなくもないですが、お大名の御別邸などでは。半年前まで両替商の石津屋《いしづや》さんの寮だったんですが、お店が潰れましてねえ。人手に渡ったようですが、ずっと閉められたままです。十日ほど前に人の出入りがあったんで、また使い出したんだなと思っていたら、それきりですねえ。おや、大丈夫ですか」

その場に座り込んだ嘉右衛門を見て、男が心配げに言った。駕籠かきは、どうしたものかと顔を見合わせている。

こうなれば、もはや明白だった。ここで会った藤田も谷田部も内山も、全て騙《かた》りだった。嘉右衛門は大掛かりな詐欺に引っ掛かり、まんまと八千両を奪われたのだ。

「大高屋さん、これはどういうことですか」

大高屋は、暮れ六ツ間際に血相変えて駆け込んできた嘉右衛門を見て、目を白黒させた。

「どういうことと申されましても……甲州屋さん、何があったんですか」

「どうもこうも、あんたに紹介された磯原藩、あれは全部騙りだったんですよ」

「騙りですと。いったい何のお話で」

まるでとぼけているような大高屋の態度に、嘉右衛門は怒りが湧いてきた。

「あんたが持って来た八千両の借り入れ話、ありゃあ大嘘だったんだよ。私が会った磯原藩の勘定奉行も江戸留守居役も、みんな偽者だった。奴ら、この私から八千両奪って、どっかに消えちまいやがった」

「偽者？　八千両をそっくり持ち逃げされたと言われるので」

大高屋の目が見開かれた。

「ああ、そうとも。こいつは、あんたの筋書きなのか」

「何を言われる。私が仕組んだとでも」

さすがに大高屋は憤然とした。嘉右衛門は構わず、まくし立てた。

「私に磯原藩の話を持ちかけたのは、あんたじゃないか。あんた以外に誰が仕組んだって言うんだ」

「落ち着きなさい。何があったのか、初めから話して下さい」

大高屋に諭され、嘉右衛門もここで騒ぎを起こすのは拙いと思い直した。不承不承座り直すと、詐欺の一部始終をその場で語った。

「これは驚いた。相当に大仕掛けな詐欺ですなあ」

「感心している場合じゃない。そもそもあんたは……」

「まあ、待って下さい。最初に私が八千両の話を聞いたのは、三月ほど前に磯原藩の上屋敷に、所用で伺ったときのことです。勘定奉行の谷田部様から、八千両ばかり融通できないかと持ちかけられたのです」

「谷田部から直に？　あんたが会った谷田部とは、どんな男です」

「どんなって、谷田部様はもう結構なお年で、確か五十七におなりだと思います。私は磯原藩に以前から出入りしていますから、何度かお会いしております」

嘉右衛門は、呆然とした。大高屋が言う谷田部は、昼に嘉右衛門が上屋敷で会った人物に相違ない。そもそも、上屋敷で会っているなら偽者であろうはずがない。

「甲州屋さんが会った谷田部様は、全く違うお方だったのですね」

「ああ……似ても似つかない」

「なるほど。甲州屋さんが初見であるのを、うまく利用されたわけですな」

「だが大高屋さん、あんたから受け取った書状はどうなんだ。あれには料亭で会いたいという話が書いてあって、そこで会った連中はみんな偽者だったんだぞ」

「そんなはずは。確かに書状は出しましたが、そこには磯原藩では他に二、三の店に声をかけていて、返事待ちになっているので、もうしばらく待ってほしいと記したのです」

「何だって」

　嘉右衛門は驚愕した。

「しかし、持って来たのは大高屋さんの手代だ。書状の中身も、あんたから聞いていた八千両借り入れの話と食い違いはなかった」

　大高屋は、うーむと唸って腕組みをし、考え込んだ。それから、はっと思い出したように顔を上げた。

「そう言えば、使いから戻った手代は、途中で掏摸《すり》にやられたような気がして慌てて財布を確かめたが、無事だったのでほっとした、と言っておりました。そのとき、書状をすり替えられたのかも知れません」

　大高屋は難しい顔になった。

「この八千両の話を嗅ぎ付けて、絵図を描いた者が居るようですな」

「どうやって嗅ぎ付けたと言うんだ」

「谷田部様からは、私以外の大店にも八千両の話が打診されています。話が漏れるところは、いくらでもあります。甲州屋さんが私に仲介を頼まれたことも、知ろうと思えば知れたでしょう」

言われてみれば、確かに難しいことではないかも知れない。しかし、それで納得できるかは別の話だ。

「磯原藩の八千両借り入れは、いったいどうなったんだ」

「ああ、それは」

大高屋は、大したことではないかのように言った。

「先月、谷田部様のところにご挨拶に寄りましたら、先般の八千両については目途がついたので、もういいと聞きました。噂では、札差の筑後屋さんが用立てるらしいです。確かな話になりましたら、そちらへもお知らせしようと思っていたところで」

「馬鹿にするのもいい加減にしろ！」

嘉右衛門は、大高屋の態度に激昂した。もう目途がついただと？　八千両かき集めるのにあれほど苦労したのに、この俺を何だと思っているのだ。

「だいたい、さっきの話は何だ。手代が書状をすり替えられた？　そんな与太を信じろと言うのか。そんなこと、あんたが俺に書状を出すことを事前に知って手代を尾けない限り、できっこないだろうが」

嘉右衛門は、大高屋の面前に指を突きつけた。

「やっぱりそうだ。あんたも一枚嚙んでたんだ。それ以外あり得ない」

大高屋は目を逸らそうともせず、じっと座っていた。次第に冷ややかになるその目付きは、嘉右衛門の怒りをさらに煽った。

「ふざけるんじゃない。よくもあんたは……」

嘉右衛門は一歩進んで、大高屋の胸ぐらを摑もうとした。そのとき、背後の襖がさっと開き、誰かが飛び出して来て嘉右衛門を羽交い締めにした。

「なっ……なんだ、何をするッ」

叫び声を上げた嘉右衛門に、大高屋が常と変わらぬ声音で言った。

「何をする、は、あなたの方ですぞ、甲州屋さん。少し頭を冷やされてはどうです」

嘉右衛門は怒りに任せて抗ってみたものの、ほとんど動くことはできなかった。

目を動かして見ると、嘉右衛門は屈強そうな若衆二人に押さえ込まれていた。明らかに、ただの商家の番頭や手代ではない。用心棒を兼ねた相撲取りか何かだろう。

「何が頭を冷やせ、だ。こっちは、破産しかけてるんだぞ！」

恥を忘れてなおも叫んだ。返って来たのは、大高屋の冷酷な言葉だった。

「それは私の関わることではございません。お引き取りいただきましょう」

大高屋は、二人の用心棒に目で指図した。嘉右衛門は、二人に座敷から引きずり出された。

「待て。こんなことをして、ただで済むと……」

言い終わる前に、嘉右衛門は通りに転がっていた。大高屋の嘲りを含んだ声が、後を追って来た。

「まったくお気の毒でございましたなあ。書状を見て偽者たちに会いに行かれる前、私のところに確かめにお寄りいただいていれば、こんなことには」

その言葉は、嘉右衛門に突き刺さった。振り向くと大高屋は既に背を向け、用心棒が無表情にこちらを見つめていた。もはや、大高屋に責めを負わせることはできそうにない。嘉右衛門は悄然として、提灯も持たぬまま大高屋を後にした。

甲州屋の店では、磯原藩上屋敷に出向いたまま戻って来ない嘉右衛門を心配して、正蔵が待っていた。お帰りなさいませ、と声をかけた正蔵ら店の面々は、今にも倒れそうな嘉右衛門の様子を見て、仰天した。

「どうされたのですか旦那様。何があったんです」

正蔵は手代たちを遠ざけると、嘉右衛門を奥の座敷に連れて行き、座布団に座らせた。嘉右衛門は虚ろな目で、正蔵を見返した。

「とんでもないことになった」

嘉右衛門は今日の出来事を、訥々と話した。聞き終えたときには、正蔵も色を失っていた。

「それは……何という……」

正蔵はどうにかそれだけ言うと、そのまま絶句した。あの八千両には高利貸しから借りたものも、仕入れに使うべき金から流用した分も入っている。それがそっくり失われたとなれば、只事では済まない。詐欺に遭った噂を聞き付けた取引先は、忽ち借金の取り立てや売掛金の回収に走るだろう。支払う金は、すぐに底をつく。

そうなれば、店は終わりだ。

「とにかく、奉行所に知らせましょう」

「ああ、ああ、わかってる。しかしそれも明日だ」

それから嘉右衛門は思い付いて言った。

「紀三郎はどうしている」

紀三郎に押上の偽別邸の周りを探らせれば、何か詐欺師どもの痕跡が見つかるかも知れない。そう思ったのだ。しかし、正蔵は賛同しなかった。

「あの男にこんな手の込んだ詐欺のことを調べさせて、役に立つと思われますか」

「それはそうだが、取り敢えず使える者はあいつしかいない」

正蔵は顔を歪めたが、仕方なさそうに頷いた。

「わかりました。ですがもう木戸が閉まります。明日一番で、呼びにやりましょう」

「ああ、そうしてくれ」

それだけ言うと、嘉右衛門は黙り込んだ。浮かんでくるのは、後悔の念ばかりだった。

三

翌朝、甲州屋は普段通りに店を開けた。事情をまだよく知らない手代や丁稚たちは、いつもと変わらず仕事を始めている。嘉右衛門の方は、一睡もできなかった。正蔵と顔を合わせると、そちらも同様だったのがわかった。目の下に隈が出来ている。昨日と同じ朝の光景なのに、全く現実離れしているように見えた。

「御免よ。旦那は居るかい」

店に最初に入って来たのは、客ではなかった。顔見知りの、伍市《ごいち》という岡っ引きだ。北側の万年町《まんねんちょう》辺りを縄張りにする三十過ぎの男で、甲州屋でも折々に付け届けの小銭を渡している。その伍市が、こんな早くから何の用だろうと嘉右衛門は訝しんだ。

「万年町の親分、朝からご苦労様です」

「甲州屋の旦那、おはようございます。どうしなすったんで。えらく疲れた顔をなさってやすが」

「ああ、いや。昨日は商いでちょっといろいろありまして。それで、どんなご用で」

「へい。北町の山野辺の旦那が、ちょいと寮の方までご足労願いてえ、ってことで。一緒に来てもらえやせんか」

「はあ、寮へですか。わかりました、参りましょう」

嘉右衛門は、同意しながらも首を捻った。八丁堀が小梅の寮まで出張って、何をしているのか。だが、小梅は押上の隣だ。もしかすると、詐欺師のことについて八丁堀が何か摑んでいるのかも知れない。嘉右衛門は僅かな期待を胸に抱くと、急いで店を出た。


寮に着いたときは、日も高くなっていた。門口から敷地に入ると、山野辺市之介が数人の目明しと一緒に庭に立っていて、待ちかねたように手招きした。

「ああ、旦那様」

縁側に座っていた艶やかな顔立ちの若い女が、嘉右衛門を見て声をかけた。晴吉だった。その顔は、だいぶ不機嫌そうだ。それを見て初めて、嘉右衛門は昨日、晴吉を寮に呼んだまま放っていたことを思い出した。

「どうなすったんです、昨夜は。こっちに泊まりに来るようにって、三日前から聞いてましたのに」

「す……済まん。ちょっといろいろあってな」

詐欺に遭った衝撃で、晴吉のことなど頭から飛んでしまっていた。今、とてもそんな話はできない。

「おう、甲州屋。朝から出かけてもらって済まねえな」

山野辺が晴吉との間を遮るように立った。嘉右衛門は慌てて頭を下げた。

「これは山野辺様、お待たせをいたしました。いつもお世話になっております。ずいぶん早くからお越しでしたか」

「ああ、昨日の昼に来たんだよ。留守なら待とうかと思ったが、幸いあの晴吉って人が居たんで、入れてもらった」

「昨日の昼ですと？」

「ちょっと調べたいことがあってな。だいたいはわかったんで、昨夜はお前さんを待ってたんだが、どうも来そうにねえから一旦引き上げて、朝からもう一ぺん寄ったんだ」

調べたいこと？　詐欺の件ではなかったのか。当惑する嘉右衛門を見て、山野辺が問いかけた。

「どうしたい。やけにくたびれた様子だなあ。心配事でもあるのかい」

「はい、実は少々、厄介事がございまして……後ほど、その話はさせていただきます。まずは山野辺様のご用向きを」

「ほう、そうかい。厄介事か」

山野辺は何故か薄笑いを浮かべ、顎を撫でた。

「厄介事と言やあ、こっちの用向きも相当な厄介事なんだが」

「は？　何でございましょう」

「まあ、あれを見てくんねえ」

山野辺は片隅にある、庭石の一つを指した。一抱えほどある大きな石だ。見た途端、嘉右衛門は、おや、と思った。見慣れているはずの石だが、どうもいつもと形が違うようだ。目を凝らしていると、何が妙なのかわかった。石の向きが、変えられている。

「あの石が、どうかしましたので」

「うん、どうかしたんだ」

山野辺は石に近付き、十手で石の置かれた地面を指した。

「ほれ、草の生え方が石の縁と合ってねえだろ。こいつは動かされてる。元は、こうなってたんだよな」

山野辺は伍市ともう一人の岡っ引きに、石を動かすよう手で合図した。二人の岡っ引きは石を持ち上げ、向きを反対にしてどすんと地面に置いた。嘉右衛門は得心した。確かに、石はいつもと反対向きに置かれていたのだ。だが、誰がなぜそんなことを。

「見ろよここ。もともと表側だったのに、裏側にされてた面だ。上の方に染みがあるよな」

「はい、そう言えば染みがございますが」

「何だと思う。こいつは、血だよ。あんたが見てもただの染みだろうが、こういうものを何度も見て来た俺たちは違う。間違いなく、血の跡だ」

「血ですと」

縁側で、晴吉が「ひっ」と身を竦めた。嘉右衛門は眉をひそめ、もう一度目を凝らした。が、山野辺の言うように嘉右衛門の目にはただの染みだ。

「つまりだ。誰かが血の付いた石を、染みが見えないように裏返したんだ」

「はあ、左様で」

山野辺が何を言わんとしているのか、嘉右衛門は測りかねていた。

「それともう一つ。石を動かしてみたら、下からこんなものが見つかった」

山野辺は嘉右衛門の方に手を差し出した。掌の上に、泥で汚れた細い組紐の切れ端のようなものが載っている。紐には、小さな玉が付けられていた。

「こいつは、煙草入れの飾り紐だ」

「はあ。それが石の下にあったのですか」

嘉右衛門がぼんやり紐を見ていると、山野辺が舌打ちした。

「やれやれ。甲州屋、お前さんも大した面の皮だな」

嘉右衛門は、ぽかんとして山野辺を見つめた。何を言われているのか、わからなかった。

「この紐はな、松永町に住む亮吉って男の煙草入れに付いてたものだ。聞いてると思うが、亮吉は先々月の終わり頃、匕首で刺されて横川に浮かんだ。その亮吉の持ち物から落ちたものが、ここにある。しかも血染めの石の下だ。さてこいつは、どういうことかな」

嘉右衛門は、いきなり頭を殴られたような衝撃を受けた。なぜそんなものが、ここに残っていたのか。必死で記憶を探った。顔色を変え、きつい視線で見つめている晴吉のことは、頭から閉め出した。

紀三郎が亮吉を殺したのは、確かにこの寮でのことだ。しかしその場所は、血の付いた石から少なくとも五間は離れた、表口に近いところだった。あの石に血が付くわけがない。亮吉は煙草入れを持っていたのか。持っていたような気がする。だが、飾り紐のことまでは覚えていない。それでも、紀三郎は亮吉を背後からいきなり刺したので、揉み合いなどは起きなかった。煙草入れの紐が千切れるようなことはないはずなのだ。

いったい何がどうなっているのか。嘉右衛門は、すっかり混乱してしまった。その中で、辛うじて一言だけ言った。

「そんな紐など、どこにでも……」

「どこにでもある代物だから、亮吉のものとは決められねえ。そう言いてえのかい」

予想していたらしく、山野辺がほくそ笑んだ。

「生憎だったなあ。紐に付いてる玉だが、あれは亮吉の妹が付けたもんなのさ。昨夜、大急ぎで神田の妹のところへこいつを見せに行かせたんだ。妹は一目で、亮吉のもんに間違いねえとはっきり言ったよ。それがここにあるってことは、考えられるのは一つだ」

山野辺は見せ場というつもりか、ここで間を取って嘉右衛門を睨んだ。

「先々月の終わり頃、亮吉はお前を強請りにここへ来た。強請りのネタは棚倉屋の火事か。まあ、それはいい。お前は亮吉をその石のあるところで刺し殺し、その血が石に付いたので、目立たねえよう裏返した。そのとき、亮吉の煙草入れから紐が切れて落ちていたのに気付かず、動かした石の下敷きにしちまった。それから屍骸を運び出し、横川へ投げ込んだ。そういうことだろ」

「ち……違う、そうじゃない！」

嘉右衛門は叫んだ。亮吉がこの寮で死んだのは確かだ。だが、石に血なんか付かなかった。紐なんか落ちていなかった。手を下したのは紀三郎だ。何もかも滅茶苦茶だ。こんな話があるか。

「殺ったのは俺じゃねえ、って言いてえのか」

「そ、そうだ。私は殺していない」

「ああ、そうだろうな」

山野辺は、あっさり言った。嘉右衛門は驚いて山野辺の顔を見た。山野辺は、涼しい顔で続けた。

「まあ、お前さん自身が匕首を使ったなんて、思っちゃいねえ。そりゃあ、赤羽の紀三郎の仕業だ。お前さんがしばらく前から飼ってた、あの半端者だよ。安心しな。奴は昨夜のうちに大番屋の仮牢へぶち込んだ」

そこで山野辺は語気を強め、十手を嘉右衛門の首筋に当てた。

「奴は喚き散らしてるぜ。何もかも、お前の指図だってな」

「そんな……馬鹿な」

正蔵の懸念した通りだ。紀三郎など、さっさと始末しておけば良かった。そもそも、あんな男に仕事をやらせるんじゃなかった。もはや、後の祭りだ。

後ろで、晴吉がすっと立ち上がり、草履を履いて庭に出て来た。ひどく冷たい目になっている。嘉右衛門は、出て来るなと言おうとしたが、晴吉は目明したちを押しのけるように進み、嘉右衛門の前に出た。

「旦那様。私は変な面倒事に巻き込まれるのは御免ですからね。これっきりにしていただきますよ」

嘉右衛門を睨みつけた晴吉は、ぴしゃりと言って山野辺の方を向いた。

「八丁堀の旦那、私は何も知りゃあしません。それでも何か聞きたいとおっしゃるんなら、深川の梅屋まで来ておくれなさいな。逃げも隠れもいたしませんから」

啖呵を切るようにそれだけ言うと、晴吉はさっと背を向け、寮から出て行った。山野辺も目明したちも、毒気を抜かれたような顔でそれを見送った。

「どうやら、女に見限られたようだな」

山野辺が、揶揄するように言った。

「まあ、紀三郎の話半分としてもだ。お前さんがこの一件に、首までどっぷり浸かってるのは間違いねえ。言い逃れはできねえぜ。ゆっくり吐いてもらうさ」

気が付くと、嘉右衛門は数人の目明しや捕り手に囲まれていた。山野辺が合図すると捕り手が進み出て、嘉右衛門を押さえつけ、後ろ手に縄を掛けた。こんな馬鹿な。こんなことがあるはずがない。嘉右衛門は頭の中で叫び続けた。無論、その叫びに応える声はなかった。

第四章

一

時は、十二日前に遡る。

小梅村からさらに北側、向島の寺島村は、小梅と同様、田畑と寺社の間に大店の寮が点在する土地である。大川沿いの堤には桜が植えられ、春たけなわの頃は花見の客たちでごった返していたが、今は鄙びた田舎の風景が広がるばかりだ。まして夜ともなれば、人通りは絶える。

そんな寺島の中程に、主のない廃寺が一つ、目立たぬ風情で建っていた。もとは法建寺《ほうけんじ》という寺だったが、住職が借金を作って夜逃げしてから、誰も跡を継ごうとしなかったのだ。廃寺とは言え、さほど荒れてはいない。築地塀《ついじべい》も崩れておらず、門も本堂もしっかりとしていた。普段は門扉も雨戸も閉じられ、うすら寒い気配が漂っているが、たまに人の出入りが見られることもある。だが、近所の百姓たちは誰一人、そのことに触れようとはしない。

お沙夜は彦次郎と共に、その法建寺の本堂の縁先に座って、じっと仲間たちの到着を待っていた。刻限は、もう四ツ半（午後十一時）になろうとしている。寺の周りは夜の静寂《しじま》に包まれ、たまに犬の遠吠えが聞こえるだけだ。蠟燭を一本立ててあるが、月明かりがあるので不自由はなかった。

「もう来る頃ですねえ」

彦次郎が、何とはなしに呟いた。

「紀三郎の奴は、今頃は吉原でしっぽり、か。もう事は終えて高いびきだろうな」

彦次郎は小馬鹿にしたように嗤い、お沙夜に睨まれて口をつぐんだ。このところずっと彦次郎とお沙夜に張り付いている紀三郎たちは、二人がそれぞれ長屋に帰って灯りを消すと、寝たと考えて木戸が閉まる前に引き上げていく。紀三郎などは手下に任せて適当なところで切り上げ、甲州屋にもらった金で度々吉原にしけ込んでいた。紀三郎に見張られていることなど、最初から承知の上だ。今夜は、寝たと思わせて、見張りが引き上げてからこっそり出て来たのである。

南の小梅村の方角から、微かに人の足音が伝わって来た。十人以上のものだ。お沙夜と彦次郎は頷き合い、立ち上がって門に向かった。

大勢の足音に混じって、荷車の軋む音も聞こえる。彦次郎は門の閂《かんぬき》を外し、そっと扉を開けて外を窺った。それから振り向いてお沙夜に頷くと、大きく開け放った。

筵にくるまれた荷を積んだ荷車を囲み、十人余りが門をくぐって入って来た。荷車を牽く人足が二人、提灯を持った中間《ちゅうげん》が二人。侍が七人。うち二人は、かなり上等の服装をしている。腰元姿の女も居た。

「ようしみんな、よくやってくれたねえ」

お沙夜が満面の笑みを浮かべ、一行を迎えた。一行の中から、甲州屋に内山四郎左衛門と名乗っていた侍が、前に出た。

「申し分のない首尾だったよ、お沙夜さん」

鏑木左内だった。

「一から十まで、鏑木さんの書いた筋書き通りに運んだってことですね」

「ああ。この連中も、なかなか役に立ってくれたよ」

左内は、藤田采女正と谷田部主馬に扮した二人を指して言った。

「へえ、馬子にも衣装とはよく言ったもんだねえ」

感心したように笑うと、二人の男は頭を掻いた。

「いや姐さん、衣裳だけじゃありやせんぜ。自分でもちょいとうまく芝居できたと思いまさあ」

谷田部に化けていた欽六《きんろく》という男が言った。欽六も、藤田に化けた万吉《まんきち》という男も、言うまでもないが大名家の重役どころか侍でさえない。詐欺を生業とする連中で、仕事に応じてお沙夜たちが雇っているのだった。

「お沙夜姐さん」

腰元姿の娘が声をかけ、お沙夜は微笑んだ。お万喜だった。

「気分はどう？」

「うん、すごくいい。やってみるまで心配だったんだけど、火事場の何とかって奴？　どうにかそれらしくできたと思う」

「いやいや、なかなか堂に入ったもんだったぜ」

左内に言われると、お万喜は顔を赤らめた。

「そんなことない。心の臓が跳ねまわりそうだったんだから。台詞がなかったから助かった。喋ったら、言葉遣いですぐばれたかも」

「違《ちげ》えねえ。だから台詞を付けなかったんじゃねえか。ま、黙ってりゃほんとにお武家の娘にしか見えねえから、女ってのは恐ろしいねえ」

欽六が茶化したので、お万喜は「もう」とその背中を叩いた。それから、急に真面目な表情になった。

「これで、兄さんの仇討ちになったかなあ」

「ええ、大丈夫。兄さんも見てるよ。よくやった、ってね」

「ありがとう、お沙夜姐さん」

お沙夜の言葉に、お万喜は目を潤ませた。

「さて姐さん、仕上げですが」

後ろから彦次郎が言った。お沙夜は頷き、懐から短く切った組紐を出した。小さな飾りの玉が付いている。お沙夜はそれを掌に載せて、お万喜の目の前に差し出した。

「これ、よく覚えといて」

「何なの、これ。組紐の切れ端みたいだけど」

「こいつを、甲州屋の寮に仕込むのさ」

お沙夜は手短に、何をする気なのか話した。甲州屋の寮の庭に血の跡の細工を施し、この組紐を残しておく。亮吉の持ち物から千切れて落ちた、と見せかけるのだ。

「お役人も亮吉さん殺しに甲州屋が関わってるんじゃないかと、疑い始めてる。寮の近所のお百姓に金を渡して、甲州屋の寮に亮吉さんが入るのを見た、っていう証人に仕立てる手筈なんだ。山野辺の旦那は、絶対に乗ってくる」

彦次郎が横から、話を補った。お万喜は熱心に聞いている。

「山野辺さんは寮に調べに入って、これを見つけたら、亮吉のものかどうか、あんたに確かめに来るはずよ」

「そしたらあたしが、これは兄さんのものに間違いない、って言えばいいんですね」

「そういうこと。呑み込みが早いね」

お沙夜が笑みを浮かべると、お万喜は「任せて」と大きく頷いた。捏造した証拠であっても、甲州屋の寮で亮吉が殺されたのは真実だ。甲州屋は言い逃れのしようがないだろう。この最後の仕上げで、甲州屋と紀三郎は獄門台に送られることになるはずだ。

「ようし、片付けにかかろう。千両箱を下ろして、運び込むんだ」

左内が一同に指図した。それを聞いて、侍姿の者は邪魔になる刀を本堂の縁側に置き、中間姿の者はそのままで、荷車の筵を外しにかかった。刀は左内のもの以外、全て竹光だ。

二人で一つの千両箱を持ち、順に本堂の中へ入った。仏像や仏具はすっかりなくなっており、がらんどうの堂内は何とも寒々しい。その真ん中で床板が外され、ぽっかり四角い穴が開いていた。その下には、地下蔵が設《しつら》えてある。廃寺になってから この土地をお沙夜たちが手に入れ、そんなものを作ったのだ。他にも、秋葉権現近くの寮や江戸橋近くの表店など、隠れ家とか詐欺の舞台とかに使える家を、何軒か持っている。お沙夜と彦次郎が住む長屋も、実はお沙夜の持ち物だった。

千両箱のうち七つが、蔵に納まった。最後の一つは穴の脇の床に置かれ、左内が甲州屋から受け取った鍵を使って蓋を開けた。

「ほうら、お宝の御開帳だ」

左内が言ったのを合図に、一同が千両箱の周りに群がった。お万喜までもが、目を輝かせている。

「慌てるんじゃねえ。今から分けるから、その間にみんな着替えろ。お万喜、お前はあっちの小部屋を使え」

皆は堂内に散り、それぞれに着替え始めた。侍の髷はここでは変えられないので、頬かむりで隠す。

「衣裳はまた使うんだから、汚したり破ったりすると、分け前から引くぞ」

「わかってまさあ。ンな吝《しわ》いこと言ったら、鏑木の旦那の男が下がりますぜ」

男たちは衣裳を脱ぎながら、そう言って笑った。左内は肩を竦めた。彦次郎は床に座り、帳面を見ながら小判を並べている。

「よし、みんな順に並べ」

小判を分け終えた彦次郎が言い、雇われた連中がそれに従った。みんな、馴染みの者たちだ。分け前は役割によって差をつけてある。手慣れた演技が必要だった欽六と万吉には、百両ずつが渡された。八千両という大金を目にしているが、皆、それ以上は望もうとしない。五十両、百両でも彼らには充分過ぎる額であるし、それ以上の欲を出すと左内の刀が物を言うことを、誰もが知っているからだ。

「へへっ、やっぱりこの山吹色に勝る景色はねえなあ」

百両を拝みながら、万吉がにんまりした。

「旦那、姐さん、また次もお願いしやすぜ」

「あいよ、時が来たらまた声をかけるからね。今日はみんな、ご苦労様」

「ようし、祝杯を上げてお開きとするか」

どこから持って来たのか、彦次郎が大徳利を二つ、どんと床に置いた。皆が、わっと歓声を上げた。

「馬鹿野郎。いくら人気がねえからって、そんな大声を出す奴があるか。無縁仏も生き返っちまわぁ」

彦次郎はそう怒鳴ったが、顔は笑っている。椀が出され、次々に酒が注がれた。誰もが上首尾に酔っていた。

お万喜は一人、本堂の隅の方に寄って、束の間の宴を眺めていた。顔には微笑を浮かべている。が、その微笑はどこか寂しげであった。亮吉のことを思っているのか、これから先のことを考えているのか。お沙夜はそれを見て、お万喜の傍に座った。

「お万喜さん、はい、これ」

お沙夜は懐紙に包んだ小判を袂から出し、お万喜に手渡した。

「五十両ある。当座の賄いには充分でしょう。これからどうするか、決めてるの」

お万喜は金包みを受け取って頭を下げてから、かぶりを振った。

「何も。今さら故郷にも帰れないし、しばらく一人で暮らす」

「何か、したいこととかないの。五十両で小さな店くらいは買えるけど」

「あたし、算盤もろくにできないし、お店なんて無理。でも……」

お万喜は顔を上げ、お沙夜と向き合った。

「今夜のお芝居、すごくわくわくしたんだ。兄さんの仇討ちのため、って自分に言い聞かせたんだけど、何だか気持ちがこう、高ぶって。うまく言えないけど、胸がすうっとした。もしまたこんな仕事ができるんなら、嬉しいなって。次はもっとうまくやれるようにしようって、そんなこと考えてた」

話すうちに、お万喜の目が輝きを帯び始めた。お沙夜は、ふっと溜息をついた。お万喜がどう思おうと、自分たちのやっていることは御定法破り。捕まれば獄門だ。捕まるつもりは毛頭ないし、備えはしてあるが、若い娘をこんなことに引き込んでいいのか。

しかし、とも思う。娘一人、江戸で生き抜くのは並大抵ではない。お夏のように男に騙され、破滅するかも知れない。もっと悪い道に嵌るかも知れない。少なくとも、自分たちの目が届くところであれば、今より悪くなることはない。

お沙夜はじっとお万喜の目を見つめた。お万喜は目をそらさない。お沙夜が決めるのを、待っている。お沙夜はもう一度、小さく溜息をついた。

「仲間に入りたいのかい」

「はい」

返事に、一瞬のためらいもなかった。お沙夜はちらりと左内の方を見た。左内もこちらの様子を見て、話の中身は察したようだ。目立たぬよう、頷いた。お沙夜はお万喜に向き直った。

「ヘマは許さない。覚えてもらわなきゃいけないことがいっぱいある。ついてこれるかい」

「はい。頑張ります」

お万喜は大きく頷き、床に両手をついた。

「よし。覚悟しなよ、お万喜」

「ありがとうございます、姐さん」

お万喜の顔に、安堵の笑みが広がった。また目が潤み始めていた。

二

「そうともさ。小梅界隈で粘り強く聞き込みを続けたら、とうとう亮吉が甲州屋の寮に入るのを見たって百姓が、現れたんだ。わかるだろう。お調べはな、諦めが良過ぎちゃ駄目なんだよ。根気が一番だ」

小料理屋の座敷に座った山野辺は、上機嫌で喋り続けていた。お沙夜がお手柄のお祝いをしましょう、と誘ったら、大喜びで乗ってきたのだ。手柄自慢を聞いてほしくて仕方がなかったらしい。

「おっしゃる通りですねえ。それで、甲州屋の寮に乗り込んだんですね」

「ああ。証言が出た以上、一応は敷地の中を改めるのが筋だ。甲州屋本人が居ねえときを狙って、調べに入ったのさ。まあ俺も、ざっと見ただけじゃ大したことはわからねえだろうと思ってたんだがな。庭を見ていると、妙なものに気が付いたんだ。

庭石さ」

「庭石がどうかなってたんですか」

「庭石の一つがな、どうも周りと合わねえ置き方のように思えたんだ。で、近寄ってみると、ちょっと前に動かされた跡がある。妙だと思って、裏側を確かめたんだ。すると、どうだ」

山野辺は、ここぞとお沙夜に顔を寄せた。

「石の裏側に、染みが付いてたんだよ。俺たちの目は誤魔化せねえ。そいつは、間違いなく血の跡だったんだ」

「まあ、そんなものが。さすがは山野辺様。私たち素人には、到底真似できませんねえ」

お沙夜は、うっとりしたような目付きになって、山野辺を持ち上げた。ますます悦に入った山野辺は、組紐の切れ端を見つけて甲州屋を観念させたくだりを、微に入り細を穿って語り続けた。お沙夜は欠伸が出そうになるのを抑えて、熱心に聞き入るふりをした。

「それで、甲州屋は罪を認めたんですか」

ようやく話の切れ目を捉えて、お沙夜が尋ねた。山野辺は、勿論だ、と胸を張った。

「紀三郎が先にみんな吐いたんだ。言い逃れはできねえさ」

「棚倉屋の火事のことも、ですか」

棚倉屋と聞いて、山野辺の顔が僅かに曇った。

「亮吉が棚倉屋の一件で強請りをかけたのは間違いねえと思うが、亮吉が何か証しを握ってたかと言うと、やっぱり疑わしいな。しかし、殺した以上は甲州屋も、棚倉屋の火事が自分の仕業だと言ったも同然だ。だがな、棚倉屋の火事は失火、ってことでけりがついてる」

「え、それじゃお調べ直しにはならないんですか」

山野辺は困ったように眉根を寄せると、声を低めた。

「実はな、俺も甲州屋に棚倉屋のことを吐かせようとしたんだよ。けどな、吟味与力様から待ったがかかった。あれほど世間を騒がせた棚倉屋の一件が、噂通りに殺しのための付け火だった、ってことになりゃ、奉行所の目は節穴か、って糞味噌に言われちまう。御城の御老中方だって、知らぬ顔はできねえだろう。そりゃあ拙いってわけだ」

「それじゃ、奉行所に火の粉がかからないよう、蓋をするんですね」

お沙夜がむっとした顔を向けると、山野辺は宥めるように手を広げた。

「お沙夜さんが怒るのも無理はねえ。けどなあ、奉行所にも立場ってもんがあるんだよ。俺みたいな下っ端は、従うしかねえんだ」

「そうはおっしゃいますけど……」

「考えてもみねえ。甲州屋は、亮吉殺しの件だけで死罪、悪くすりゃ獄門だ。一度死罪になった奴を、もう一度火炙りにしてもしょうがねえだろ」

山野辺の言うのもわからなくはない。しかし、棚倉屋親子はそれで浮かばれるだろうか。罪は罪として白日の下にさらすのが、正道というものだろう。

「それになあ、棚倉屋のことについちゃ甲州屋の奴、変な言い方をしやがった」

「変なこと？」

「ああ。自分は確かに棚倉屋と娘を殺そうとした。だが、火を付けたのは自分じゃねえ、ってな」

「へえ。自分じゃなけりゃ、誰だって言うんでしょう」

「俺もそいつを聞きたかったんだが、あの野郎、それ以上は言いやがらねえ。そのうち上から待ったがかかって、それっきりだ」

「そうなんですか。仕方がありませんねえ」

いかにも残念そうに山野辺を見つめると、山野辺もこのままでは男がすたる、とでも思ったようだ。辺りを見回してから、勿体ぶった笑みを浮かべた。

「その他に、取って置きの話があるんだ」

「え、どんなお話ですか」

お沙夜が期待のこもった目を向けると、山野辺はニヤリとして「ここだけの話にしてくれよ」と前置きし、話し始めた。

「甲州屋の奴、詐欺にやられて八千両って大金を持ってかれたそうだ」

「ええっ、八千両も」

お沙夜は大袈裟に驚いてみせた。山野辺は、その反応に満足したようだ。嬉々として先を続けた。

「さるお大名家のご重役に成りすました連中が、借り入れをしたいって話を出し、甲州屋が飛び付いちまったのさ。大名貸しは儲かるし、条件がよほど良かったらしい」

それから山野辺は、甲州屋が訴えた話をお沙夜に全部話した。お沙夜を感心させたかったのだろうが、話している相手が当の詐欺師の頭領だとは、お釈迦様でも気が付くまい、だ。

「それじゃあ、その詐欺師がどこの何者かは、全然わかってないんですね」

「今のところは、な。一応は詐欺の舞台になった寮へ行ってみたが、何一つ残っちゃいないし、借り手の名前も住まいも出鱈目だった。甲州屋の話は眉唾なところもあるが、本当だとすりゃ、大した手口だ。仕掛けを考えた奴は、恐ろしく頭がいいな。俺もこんな大掛かりな詐欺は、初耳だ」

山野辺は帯に差した朱房の十手を、ぽんと叩いた。

「だが、仕掛けが大きいほど綻《ほころ》びも出やすいはずだ。心配はいらねえ。そんな奴らが本当に居るなら、この十手にかけて、俺が必ずお縄にする」

任せておけとばかりに、自信に満ちた目でお沙夜を見た。

「ええ、山野辺様なら、きっと」

できるわけがないよ、と胸の内で呟きながら、お沙夜はにっこりと微笑んだ。

「そうか。八丁堀の頭の中は、まあ思った通りだな」

長屋でお沙夜の話を聞いた左内は、よしよしと頷いた。

「しかし、甲州屋の奴が火付けは自分じゃない、と言ったのは面白い」

左内が興味深そうに目を細めた。

「奉行所が棚倉屋の一件を蒸し返す気はないだろう、ってのは薄々わかってやしたけどね。甲州屋も、死罪は免れないのに今さらそんなことを言うなんてねえ」

左内と並んで座っていた彦次郎は、首を捻った。

「でも考えてごらんな。火が出たって知らせが行ったとき、甲州屋は自分の店に居たんだよ」

お沙夜は、前に山野辺から聞いた話を思い出して言った。

「つまり、誰かにやらせた、ということか」

左内が言うと、お沙夜はかぶりを振った。

「それなら、わざわざ自分じゃない、なんて言わずに、知らぬ存ぜぬで押通せば良さそうなもんでしょう」

左内は、それもそうだな、と首を傾げた。

「そう言やあ、ちっと気になることがあるんですが」

彦次郎が思い付いたように言った。

「番頭の正蔵の行方が、わからねえんでさあ」

「甲州屋の正蔵が？　どういうこと」

「へい、旦那がお縄になってから甲州屋はどんな様子かと、覗きに行ったんですがね。店は戸を閉め切って、死んだようになってやした。こんな一大事に、番頭は店を守るために何もしてねえのかと思って、丁度出て来た下女に聞いてみたんですよ。そしたら、旦那がお縄になった晩から、正蔵の姿が見えなくなって、それっきりだそうで。主人も番頭も居なくなっちまって、みんな途方に暮れてるって話でした」

「ははあ、なるほど」

話を聞いた左内が、一人で頷いた。

「正蔵は昔からの番頭だ。甲州屋のやってきた悪事には、残らず加担してたんだろう。それで、旦那がお縄になると次は自分だ、と思って、早々に姿をくらましたんだ」

「棚倉屋に火を付けたのが、正蔵だってことはねえですかね」

彦次郎が思い付いたらしく言ったが、お沙夜は乗らなかった。

「正蔵もあの晩、甲州屋と一緒に店に居たのを見られてるんだよ」

「火を付けておいて、知らせが来るまでの間に大急ぎで戻ったんでは」

「火が出たのは町木戸が閉まってからだよ。盗人みたいに屋根伝いに走った、って言うのかい」

お沙夜に突っ込まれ、彦次郎はうーんと唸った。

「まあ、それはここで考えてもわかるまい。それより八王子のことだ。奉行所は、亮吉の強請りのネタが八王子の殺しだったことに、気付いちゃいないんだな」

左内が確かめると、お沙夜は残念そうに「ええ」と答えた。

「山野辺の旦那からは、八王子のハの字も出なかった。甲州屋が自分から吐くことは、まずないでしょうしねえ」

「てことは、お夏さん殺しと甲州屋は、結び付けられないままですかい」

彦次郎が、腹立たし気に言った。

「それでも、甲州屋と紀三郎が死罪か獄門になるなら、結果は同じだ。俺たちがこれ以上、首を突っ込んでも始まるまい」

腕組みした左内が言った。山野辺が棚倉屋の件について言ったと同様、それもまた正論と言えば正論だ。

「そりゃま、そうですが……どうもすっきりしやせんねえ」

彦次郎が、不満を露わにした。左内が何か言おうとしたが、お沙夜はそれを制した。

「彦さんの言う通りだよ。どうにもこうにも、すっきりしないねえ」

三

三日が、何事もなく過ぎた。その間、山野辺とはゆっくり話していないが、やはり奉行所に棚倉屋の一件を蒸し返す動きはない。それればかりか、八千両詐欺の探索にすら、熱意がないようだった。この件は磯原藩の耳にも入っているだろうが、そちらからの働きかけは一切ないらしい。だとすれば、奉行所も却って動き難いだろう。

その日、お沙夜は出稽古に行っていた。場所は、秋葉権現に近いさる大店の寮だ。先方の望みで日の傾く頃に出向いて、一刻ほど稽古をつけ、夕餉を馳走になった。そこでその大店の主人は、日が暮れてからの女一人の道行きは不用心だ、泊まって行けとしきりに勧めた。下心が見え見えだったので、お沙夜はやんわりと断り、提灯を借りて寮を出た。神田仲町までは一里ほど。半刻余りの夜道になるが、七、八町も行けば吾妻橋で、その辺からは人通りも多い。

お沙夜は三味線を背負い、急ぎ足で吾妻橋に向かった。そこまでは提灯と月明かりが頼りだ。長い夜道を帰るのは、別に初めてのことでもない。

だが、寮を出て間もなく、お沙夜は誰かに見られているような気配を感じた。舐めるような、まとわりつくような、そんな視線。お沙夜はさっと振り返った。黒い影となった景色の他、何も見えない。気持ちのいいものではなかった。お沙夜は、さらに足を速めた。

大川の堤に出ようとしたときだった。お沙夜の行く手に、影が現れた。はっとして足を止める。影はゆっくりと近付いてきた。月明かりに、きらりと光るものがある。匕首の刃先だ、とお沙夜は思った。

「誰なんだい」

声をかけたが、相手は答えない。じりじりと、間を詰めて来た。お沙夜は後ずさりした。声を上げても、すぐ近くに家はない。そういう場所を選んで出て来たのだ、とわかった。思い切って、提灯を突き出した。相手の顔が、ぼんやりとその灯りに浮かんだ。お沙夜は眉を上げた。見覚えのある顔だった。

いきなり相手の手が動き、提灯を持った腕を摑まれた。振りほどこうとしたが、見かけよりずっと力が強い。反対に、引き寄せられた。

「ほう、聞いた通りなかなかの別嬪じゃねえか」

声は初めて聞いた。が、何者かはもうわかっている。甲州屋の番頭、正蔵だった。

「付き合ってもらうぜ。文字菊師匠こと、お沙夜さん」

正蔵はお沙夜の目の前に匕首を突きつけ、ぐいと腕を引いた。よろめいた拍子に、襟首を摑まれた。

「そのまま歩け。俺の言う通りにだ」

正蔵は左手で襟首を摑み、右手で匕首を首筋に当てた。大店の番頭然とした控え目な振舞いはかなぐり捨てられ、今はやくざそのものだ。これが正蔵の、生来の姿なのだろう。お沙夜は逆らわず、言われるままに進んだ。

少しばかり進むと、堤の傍にある雑木林の陰に小屋が一つ、あった。この近くの百姓家が農具を置くためのものか、堤の修繕の道具を置いたものか。定かではないが、今は使われていないようだ。

「戸を開けて、中に入れ」

正蔵が膝で後ろから小突いた。お沙夜は戸に手をかけ、引き開けた。軋んだが、さほど力は要らなかった。正蔵が下見で開け閉めしたのかも知れない。中は埃っぽく、腐ってぼろぼろになった縄が土間に落ちている他は、棚に置かれた蠟燭が一本あるだけだ。正蔵はお沙夜の提灯を取り、その火を蠟燭に移した。提灯をたたみ、中の蠟燭は火が付いたまま、反対側の棚に置いた。二本の蠟燭で、小屋の中がはっきり見えるようになった。

正蔵はお沙夜を奥の壁に押しやり、後ろ手に戸を閉めて、三味線を下ろすよう言った。言われた通り三味線を壁に立てかけると、正蔵はお沙夜に自分の方を向かせ、匕首を突きつけたまま、左手で体をまさぐった。寒気がしたが、お沙夜は唇を嚙んで動かなかった。

「物騒なものは、持ってねえようだな」

正蔵はお沙夜の腿を撫でながら言った。お沙夜はその手を、ぱんと弾き飛ばした。

正蔵は下卑たような笑いを浮かべた。

「私に何の用なんだい」

お沙夜が睨みつけると、正蔵はにやついたままで言った。

「俺が誰か、知ってるだろ」

「ああ。甲州屋の正蔵だね。どこに隠れてたんだ」

「この江戸にゃ、隠れるところは幾らでもある。なかなか見つかるもんじゃねえよ」

正蔵の言い方は、いかにも自信ありげだった。

「俺を知ってるなら、俺の用事もわかるはずだ。八千両だよ。どこにある」

「八千両？　何の話だい」

正蔵はそれを聞いて、ふんと鼻を鳴らした。

「とぼけるなんて、無駄なこたぁやめな。お前が磯原藩の侍に化けた連中の仲間だってことぐれえ、先刻承知だ」

「あんた、私を見張らせてたんじゃないの。だったら私がそんなことやってないって、わかるでしょう」

「ふん、やっぱり紀三郎のことに気付いてやがったか」

正蔵は、得たりという顔になった。

「お前は紀三郎が見張ってるのを承知で、放っておいた。仲間が八千両を騙し取る舞台を整える間、自分にこっちの目を引き付けておくためだ。図星だろうが」

その通りだ。お沙夜と彦次郎は、左内たちが事を進める間、囮の役を務めていたのだ。正蔵の目は紀三郎などと違い、節穴ではないらしい。

「さあ、さっさと吐いちまえよ。その綺麗な顔に、深い傷なんか付けてほしくねえだろう」

匕首の刃が、お沙夜の頬を撫でる。正蔵の左手は、またお沙夜の腿を這っていた。

「お夏さんを殺したのは、あんただね」

いきなり言った。正蔵はぎくりとして、左手を止めた。

「何の話をしてるんだ」

「おやおや、今度はあんたがとぼけるんだ。鷹乃屋のお夏さんを足抜けさせ、手籠めにして殺したろう。違うかい」

「何だって俺が、岡場所の女を殺さなきゃならねえんだ」

「決まってるじゃないか。八王子のことの、口封じだよ」

八王子、と聞いた途端、正蔵の顔が強張った。昼の光でなら、青ざめたのがわかったろう。

「お前……何を知ってる」

「あんたは甲州屋と一緒に旅してた。江戸に戻る途中、どうしたわけか知らないけど、あんたたちは文無しになった。宿へ泊まろうとして断られたね。その宿の夫婦が覚えてたよ。野宿になるところを、升屋の旦那が親切にも泊めてくれた。けどあんたらは、親切を仇で返した。升屋夫婦を殺し、金を奪って火を付けたんだ。おまけに、まだ子供の佳代さんまで手籠めにした。あんたらは強請りに行った亮吉を捕らえて、お夏さんのことを吐かせたんだろ。あんたはお夏さんが佳代さんだと勘付いたんだ」

一気に喋ると、正蔵は啞然としたようにお沙夜の顔を見つめていたが、一度溜息をつくと、薄笑いを浮かべた。

「よくまあ、調べ上げたもんだぜ。恐れ入ったよ」

それから、ふと思い出したように付け加えた。

「そうか。彦次郎が前に江戸見物に連れ回してた年寄り夫婦。あいつら、八王子から来たんだな。俺たちの面通しをさせたわけか」

正蔵は一人で得心し、頷いた。

「ま、今となっちゃどうでもいいが」

「あんたたち、佳代さんはあの場では殺さなかった。それはなぜ？」

正蔵は小馬鹿にしたような顔になった。

「仏心を起こしたと思ったかい。いいや。あれはな、嘉右衛門の奴が思ったより早く火を付けちまったんで、あの娘を放って逃げなきゃならなくなったんだ。でなきゃ、殺してたさ」

それから、そのときの様子を思い出してか、肩を竦めた。

「後から考えりゃ、嘉右衛門が仏心を起こして、俺があのガキを殺さねえように早めに火を付けたのかも知れねえな。升屋夫婦も下働きも殺せなかったような奴だ」

「え？　それじゃ、あんたが四人とも」

「ああ。嘉右衛門は尻込みしちまってな。どうもあいつは、頭はいいし商いの腕も確かなんだが、そういう度胸は足りねえのさ。だから、詰めでしくじる。八王子のときも、あいつが取引の相手に騙されてすっかり巻き上げられちまったから、あんなことになったんだ。どこかで金を手当てしなきゃ、店が潰れちまうところだった」

「それで升屋さんから金を」

「そうだ。升屋は運が悪かった。俺たちにとっちゃ、運が良かった」

平然とそんなことを言う正蔵に、お沙夜は虫唾が走った。

「お夏さんの足抜けを手伝った、勘造の子分はどうしたのさ。そいつも始末したの」

「ああ、金で釣った。釣れる奴ってのは、何となくわかるもんさ。無論、始末したよ。お夏を殺すとは思ってなかったらしくて、騒ぎ出したんでな」

「棚倉屋親子も、あんたが手を下したのかい。火付けは甲州屋じゃなく、あんたの仕業だったんだね」

「隠してもしょうがねえな。そういうこった」

「火を付けてから、どうやって店に戻ったの」

　この問いに、正蔵は得意げな笑みで応じた。

「ちょいと頭を使ったのさ。行灯の灯心を長く繋いだやつを用意して、行灯に溢れるくらいの油を注いでから、その長い灯心に火を付けたんだ。行灯の油に火が回るのに、小半刻以上はかかったろうな。木戸が閉まる前に、ちゃんと店に戻れたよ。棚倉屋の親子は、晩飯のときに嘉右衛門が一服盛って眠らせていたから、気付かれることはねえ。証拠はみんな、灰になっちまったし」

　そういうことか。聞いてみれば、そう難しい話ではない。が、正蔵の言うように、証しは残っていない。もし奉行所の気が変わって調べ直しが行われても、何も得られないだろう。

「ところで、亮吉って強請り屋を殺ったのは、俺じゃねえぜ」

「わかってる。紀三郎だろ。あんたはそのとき、粕壁に行ってた」

「ああ、その通りだ。あれで紀三郎ってのが、頼りにならねえ馬鹿だってことがよくわかったよ。お夏のことを聞き出したまではいいが、住処《すみか》も素性も仲間もわからねえまま、あっさり殺しちまいやがって」

　それはお沙夜も気付いていた。甲州屋たちが亮吉に身元を吐かせていたら、お万喜の口も塞ぎに来るかも知れないと心配していたのに、誰も来なかったのだ。亮吉は、お夏のことは漏らしてしまったが、お万喜のことは一言も口に出さなかった。妹を、守り切ったのである。

　正蔵が居なかったのは幸運だった。紀三郎でなく正蔵だったら、あらゆる手を使って、亮吉に全てを喋らせていたに違いない。

「結局、甲州屋は一人も殺していないんだね。殺しは全部、あんただった」

「さっきも言ったが、あいつは度胸がねえ。だから、事を起こすときは背中を押してやらなきゃならなかった。ガキの頃から、ずっとそうなんだよ。はっきりこうしろと言ったら逆らいやがるから、言い方を工夫して誘い込むんだ。そうしたら、奴はそのうち、自分で考えてそうしたんだと思うようになる。殺しだけは無理だったが、後はそれでうまく運んだよ」

　なるほど。結局甲州屋は、この正蔵にいい具合に操られていたのか。そして今、この男は甲州屋に全てを被せて獄門台に送り、自分は逃げおおせるつもりなのだ。

「事のついでに教えてやらあ。俺がやった殺しは、それだけじゃねえ。そもそも、俺たちが江戸へ出て商売を始める元手は、どうやって作ったと思うんだ」

正蔵が浮かべていた笑みが、一層邪悪なものになった。お沙夜は顔を歪めた。

「その金も、誰かを殺して奪ったんだね」

「俺たちの村に近い街道を、決まって通る行商人が居てな。そいつが稼ぎを貯め込んで江戸へ戻る途中、全部頂戴したのさ。そいつは崖下で、獣の餌になったよ」

「あんた……筋金入りの外道だね」

お沙夜が心の底からの蔑みを込めて言うと、正蔵はニヤリとした。

「そいつは嬉しい褒め言葉だな」

それから昔のことは終わりだとばかりに手を振り、お沙夜を見据えた。

「さて、だいぶ無駄話をしちまったな。そろそろ、八千両の在り処を教えてもらおうか」

正蔵がぐっと近付き、お沙夜の喉に匕首を当てた。左手が、またお沙夜の腿の間に入れられた。

「知ってても、教えるわけがないでしょう」

「おやおや、ずいぶんと気の強いアマだ」

　正蔵はお沙夜から体を離し、少し下がった。

「それに頭もいい。まったく、惚れ惚れするぜ」

　正蔵の顔にはねっとりとした笑みが浮かび、蠟燭の薄明かりで、蛇か何かのように見えた。

「だがなあ、ここにゃあ彦次郎も居ねえ。他の仲間も居ねえ。声を上げても、誰にも聞こえねえ。お前は、一人っきりなんだよ」

　正蔵は腕を伸ばし、匕首を真っ直ぐお沙夜の顔に向けた。

「一人になりゃ、お前はただの女だ。俺が今から、それを充分にわからせてやるぜ。八千両の話は、その後でゆっくり聞こうじゃねえか」

　正蔵は匕首を向けたまま、顎をしゃくった。

「着物を脱ぎな。ここでじっくり見ててやらあ。まあ、命まで取ろうとは言わねえから安心しな」

　嘘だ。正蔵は自分の罪について、全部喋っている。それを聞いたお沙夜を生かしておくはずはない。犯して、八千両の隠し場所を吐かせ、殺す気だ。

「さっさとしろ。お前も、顔を切り刻まれたくはねえだろう」

お沙夜は正蔵をじっと睨んでから、ゆっくりと手を後ろに回した。正蔵の、舐めるような視線が追って来る。帯を解くのだと思っているのだろう。だが、お沙夜の手が触れたのは帯の端ではない。後ろの壁に立てかけた三味線の、月形だった。

次の刹那、お沙夜の右手が背中から一気に振り下ろされた。匕首が正蔵から離れて飛び、刃のきらめきが宙を舞って落ちた。

「うわっ、くそ、このアマ何を……」

しやがる、と言いかけた言葉が途中でとまり、正蔵は口を開けたまま固まった。お沙夜の手には、刃渡り一尺八寸の長ドスが握られていた。三味線の竿に仕込まれていたのだ。柄の部分には、三味線の胴に描かれたのと同じ、桔梗が彫ってある。だが、こちらの桔梗の色は真っ黒だった。

正蔵は落ちた匕首に目を向けた。そして、悲鳴を上げた。正蔵の右手首から先が、匕首を握ったまま土間に転がっていた。

「あんたの言う通りだ。この江戸じゃ、本気で隠れられたらなかなか見つけられない。だから、おびき寄せたんだよ」

お沙夜は、一歩踏み出した。

「黒桔梗の切れ味、冥土の土産にしな」

正蔵は、何か言おうとした。悪態だったのか命乞いだったのか、わからない。声になる前に、お沙夜の長ドスが一閃した。

正蔵の喉笛が、ぱっくりと裂けた。血がどっと噴き出し、正蔵は宙を泳ぐようによろめくと、土間に倒れ込んだ。それから二、三度痙攣し、動かなくなった。土間に、血の染みが広がった。

「腐れ外道が」

お沙夜は吐き捨てるように呟くと、正蔵の屍骸をまたぎ越えて戸を開けた。

「もういい、片付いたよ」

その声に、隠れていた人影が二つ、動き出して傍に来た。

「やれやれ、冷や冷やしましたぜ」

「まったくだ。どうもあんたは、無鉄砲なところがある。俺たちに任せりゃ良かったのに」

彦次郎と左内が、渋い顔で口々に言った。左内はお沙夜の後に付き、彦次郎は先回りして、備えていたのだ。お沙夜は、ふふっと笑った。

「そう心配することでもないでしょうに。それはよくわかってるはずじゃない」

「そりゃまあ、そうですがねえ」

彦次郎は頭を掻きながら、小屋を覗き込んだ。

「恐れ入りやした。姐さん、さすがです」

彦次郎は正蔵の屍骸を指して、賛嘆の声を上げた。片手で長ドスを扱う女はそういない。その上、武士の大刀ではなくそれを振るって、一撃で手首を切り落とすなど、並の腕で出来ることではなかった。

「まるで絵草紙みてえな鮮やかさだ。大したもんですねえ」

「絵草紙なんて、綺麗ごとじゃないよ」

お沙夜はたしなめるように言って、小さな溜息をついた。

「私たちは裏稼業。強いて言うなら、裏草紙だね。草紙の裏側さ」

「裏草紙ですかい、なるほど」

彦次郎は、自嘲混じりに応じた。

「で、こいつは喋りやしたかい」

「聞きたかったことは全部聞けたけど、こいつ、さんざん私の体を触りやがった。気色悪いったらありゃしない」

「へい、寮を用意してありやす。今夜はそっちで、ゆっくりお休みになって下さい。湯も沸かしてますから」

「気が利くねぇ。じゃあ、こいつの始末、頼んだよ」

「承知しやした。林の中へでも、埋めておきやす」

お沙夜は血を拭った長ドスをしまった三味線を背負い直し、提灯を持つと、「それじゃあね」と言って去ろうとした。

「お沙夜さん」

左内が呼び止めた。

「今さら言うのも何だが、こういう仕事は俺にやらせてくれ。あんたがこんな……」

「それは言いっこなし」

お沙夜は手を出して左内の口に当てた。左内はどぎまぎして、黙った。

「鏑木さん、また明日」

お沙夜は軽く手を振り、堤沿いの道を戻って行った。からころという下駄の音が、静寂に響いた。

第五章

一

「お夏を殺ったのは、甲州屋の番頭だって？」

鷹乃屋の奥で、お沙夜と左内から話を聞いた勘造は、目を丸くした。

「あの番頭、何度か見たことがある。虫も殺さねえような、真っ当な商人に見えたんですがねえ」

「裏の顔があった、ってことだ。甲州屋に関わる悪事は、全部番頭の正蔵が仕組んだことだったのさ」

「てっきり甲州屋が極悪人だと思ってたんだが……でも、お縄になったのは甲州屋と紀三郎って三下だけでしょう。正蔵はどうなったんで」

「ま、奴は二度と悪事を働くことも、お縄になることもねえ、と言っておこうか」

勘造は怪訝な顔をしたが、すぐに悟ったようだ。

「そうですかい。お夏にとっちゃ、それが供養だ」

勘造は、左内が正蔵を斬り、屍骸を見つからないよう始末した、と考えたのだろう。斬ったのが左内でなくお沙夜だ、という以外はその通りだ。無論、思い違いを正してやるつもりはない。

「庄吉の奴は、どうなったんで」

お夏を足抜けさせた手下のことを聞かれて、左内はちょっと口籠った。だが、これは言うべきだと思ったようだ。

「正蔵に始末されたらしい。お夏をおびき出した後は、用済みになったからな」

左内は、お沙夜が正蔵から聞き出した話を勘造に告げた。勘造は、拳で長火鉢を叩いた。

「正蔵の野郎……」

不始末を起こした庄吉だが、勘造としては身内を殺されたのが、我慢ならないのだ。お沙夜が殺さなくても、いつか勘造が草の根を分けて正蔵を捜し出し、落し前を付けさせたかも知れない。

「庄吉の屍骸は、見つからねえんですか」

「残念だが、どこかへ埋められたらしい。正蔵が死んだ今、場所は見当がつかん」

左内が済まなそうに言うと、勘造は唇を噛んだ。せめて弔いぐらいは、と思ったのだろう。

「それでだ、困ったことが一つある。役人は、正蔵がお夏と庄吉を殺したことを知らない。今でも、庄吉がお夏殺しの下手人だと思い込んでる。これじゃ庄吉も、浮かばれねえだろう」

「八丁堀は、八王子の一件も知らねえんですかい」

「ああ、全く気付いちゃいねえ。と言って、お夏が死んだ今じゃ、甲州屋と正蔵が升屋を襲ったって証しは、何も残っちゃいねえんだ。話したところで、単なる噂話ぐらいの扱いしかされねえだろう」

「それじゃあ、どうなるんで。庄吉が見つからねえまま、奉行所は庄吉の仕業ってことで終わらせちまうわけか」

勘造がむっとしたように言った。そこでお沙夜が、ちょっと待ってと手を出した。

「そこで勘造親分、相談なんですけどね」

「何か手があるのかい」

「ええ。お千佳さんに話をしてもらえばどうかな、と」

「お千佳？　あいつが何を知ってるってんだ」

「お千佳さんは、お夏さんの事情をだいたいのところは聞いてた。自分の親を殺した下手人を、この深川で見たって話も。そいつが誰だかまではわからなかったそうだけど、ちょいと話を足して、お夏さんから正蔵が下手人だと聞いてたことにするんです」

「何？　それでお千佳に、八丁堀にそう言わせようってのか」

「話の中身は、こっちで作ります。お千佳さんはお夏さんと仲が良かったし、私たちに無念を晴らして、と頼んだくらいですよ。きっと手を貸してくれます」

「今まで黙ってた理由《わけ》を聞かれたら」

「怖かったんだと。甲州屋がお縄になったと聞いて、話す気になったと言えば大丈夫でしょう」

「なるほど。そうやって話を吹き込みゃ、正蔵がお夏の口を封じたんだと八丁堀も得心する、ってわけか」

勘造は腕組みして、しばらく思案した。

「ふうん、よし、わかった。うまくいきそうだな。お千佳には、俺から話しておく。段取りが出来たら、八丁堀を連れて来てくれ」

「わかりました。勘造親分、ありがとうございます」

お沙夜が頭を下げると、勘造はふっと笑った。

「よしてくれ。礼を言わなきゃならねえのは、こっちだ。庄吉についちゃ言うまでもねえが、お夏だって、正蔵が地獄に落ちたんだとしても、自分が庄吉に殺されたことになってるままじゃ、成仏できねえだろう」

そう言う勘造は、どこか安堵したような様子だった。お夏と庄吉のことが、ずっと気になっていたらしい。やはり、見かけよりは筋の通った男なのだ。

「そうだ、忘れるところだった」

左内が急に言い出し、懐から包みを出して畳に置いた。

「亮吉の借金の残り十五両と、約束した利子一両、合わせて十六両だ。耳を揃えて返す」

包みを目にした勘造が眉を上げ、手を出して包みを開けた。小判十六枚が、間違いなくそこにあった。八千両の一部だと思えば微々たるものだが、勘造もそれは知らない。

「律儀だねえ、先生も」

勘造は、気持ちよさそうに笑った。


鷹乃屋を後にした二人は、茶屋で待っていた彦次郎と合流し、揃って神田に向かった。左内と彦次郎は、いずれも肩の荷を下ろしたような、ほっとした表情を浮かべていた。

「いやあ、まったく酷え一件でしたねえ。あの正蔵って奴は、本物の悪だ。ガキの頃から、ああいう性分だったんですかねえ」

彦次郎が言うのに、左内も頷いた。

「だろうな。おそらく、故郷を出るときから、正蔵は嘉右衛門を言葉巧みに操っていたんだろう。商才のある嘉右衛門を表に出し、自分は裏で悪事の糸を引く。うまく出来た仕組みだぜ」

「それも、亮吉がたまたまお夏のことを知って強請りを企み、鏑木さんがそれに関わった。姐さんの方はたまたま、甲州屋が磯原藩に近付こうとしているのを小耳に挟んでた。そんな偶然のおかげです。でなきゃ、甲州屋たちはうまくやりおおせてたかも知れねえ。天の神様ってのは、本当に居るもんですねえ」

「天網恢恢疎にして漏らさず、というわけだ。昔の人は、いいことを言ったな」

左内は満足げにお沙夜の方を見た。だがお沙夜はと言うと、どうにも難しい顔をして、話に乗って来ない。左内と彦次郎は、顔を見合わせて首を傾げた。

「どうしたお沙夜さん。せっかく何もかも上首尾に終わったのに、何だか気に食わないような顔をしてるな」

左内が聞いても、お沙夜はしばらく黙っていた。何か考え事かと思った左内は、邪魔をせずそのまま歩いた。

「亮吉さんも偶然、鏑木さんも偶然、大高屋さんも偶然か」

両国橋まで来たところで、ふいにお沙夜が口に出した。彦次郎が、びくっとしてお沙夜の方を向いた。

「姐さん、偶然がどうかしたんで」

「世の中に偶然は幾らもある。けどね、偶然が三つ以上重なるってのは、どうにも

「気に入らないね」

　お沙夜はそれだけ言うと、足を速めて両国橋を渡って行った。彦次郎と左内は、もう一度顔を見合わせてから、慌ててお沙夜を追った。


左内と別れ、神田仲町の長屋に戻っても、お沙夜は不機嫌なままだった。彦次郎はその様子を見て、おずおずと聞いた。

「姐さん、どうしなすったんで。何が気に入らねえんです」

長火鉢の前に座ったお沙夜は、少しの間返事をしなかった。彦次郎は上がり框に腰を据え、黙ってしばらく待った。すると突然、お沙夜が声をかけた。

「彦さん、ちょいと頼みがあるんだけど」

「へい、何なりと」

お沙夜の気分を測りかねていた彦次郎は、すぐに返事した。

「しばらく見張ってもらいたい人が居るんだ」

「わかりやした。誰です、そいつは」

お沙夜は相手の名を告げた。それを聞いた彦次郎は、驚きを露わにした。

「何でまた、そいつを」

「とにかく、黙って言う通りにしな」

強い口調で言われ、彦次郎はそれ以上何も聞けないまま、ただ「承知しやした」と返事した。


彦次郎がお沙夜のところに知らせに来るまで、七日かかった。現れた彦次郎の顔には、何か摑んだらしい高揚が表れていた。

「姐さん、お待たせしやした」

「何かわかったらしいね、彦さん」

お沙夜は微笑んで尋ねた。彦次郎も笑みを浮かべた。

「正直、これがどういう意味合いになるのか、あっしの頭じゃよくわかりやせんがね」

「いいから、早くお言い」

「へい、奴は今日までこれと言って変わった動きは、一切してなかったんですが、今朝は何を思ったか、神田川沿いをぶらぶら歩き出したんです。当てもなく散歩するほど暇じゃねえだろう、と思ってたら、浅草御門のところで北に折れやして」

「前置きが長い。で、どこへ行ったの」

「済いやせん。そのまま蔵前に出て、大高屋の裏口を入ったんでさあ」

「裏から大高屋に、かい」

「ええ。出入り商人が使う勝手口じゃなく、庭に通じてる裏口で」

それは、大高屋との付き合いが昨日今日ではないことを示している。

「そもそも、並の両替屋ならともかく、本両替なんぞとはおよそ縁がないはずでしょう。こいつは妙だと思って、取り敢えずお知らせに」

「わかった。上出来だよ、彦さん」

お沙夜は満足の笑みを浮かべたが、彦次郎はまだよくわからないようだ。

「あのう、姐さん。こいつは、どういうことになるんで」

「そうだね……ま、偶然ってのはそう何度も重ならない、ってことの証しかな」

彦次郎はその言葉の意味を摑みかねたらしく、ただぽかんとお沙夜の顔を見つめていた。

二

喜八長屋に来るのは何日ぶりだろう、とお沙夜は思った。今度のことの発端にな
った鷹乃屋の件で、お万喜を訪ねて以来だ。お沙夜は左内と一緒にそのお万喜の家
の前に立ち、がらりと戸を開けた。身支度を整えていたお万喜が、びっくりしてお
沙夜たちを見た。
「あれ、姐さんに鏑木さん。どうしたんです」
「急にびっくりさせて悪いね。今から出かけるのかい」
「ええ。欽六さんの口利きで、浅草寺近くの水茶屋で働くことになって。四日前か
ら出てます」
「ああ、欽六から聞いてるよ。しっかりやりな」
お沙夜は微笑むと、左内と一緒に上がり框に腰を下ろした。
「出がけに済まないけど、ちょっと確かめたいことがあるんだ」
「はい、何でしょう」

お万喜はお沙夜の前に座って、膝に両手を置いた。

「あのさ、あんたと亮吉さんが鷹乃屋に入り込もうとしたとき、そのことを誰かに話したりした？」

「えっ、誰にも話してませんよ。強請りのネタを摑みに岡場所に行くなんて、他人に言えるわけないですもん」

「だよねえ。じゃあ、そのために勘造のところの賭場で借金を作った、って話は」

「それも言ってないですよ」

「大家の吉兵衛さんに、勘造に借金したから助けてほしい、なんて言わなかったんだね」

「もちろんですよ。だって、大家さんにそんなこと話して借金の肩代わりとか言い出されたら、企みが台無しになっちゃうじゃ……」

そこまで言いかけ、お万喜は「あれ」と小首を傾げ、左内を見た。

「変ですね。鏑木さんは大家さんに頼まれて、鷹乃屋に談判に来て下すったんですよね。大家さん、どうして借金のこと、知ったんだろう。兄さんが言うわけないし」

「おいおい、何だそりゃ。お前、強請りの段取りのことで頭が一杯で、そんなことに気が付かなかったのか」

左内に言われて、お万喜は顔を赤らめた。

「鏑木さんだって今まで気が付かなかったんじゃないですか」

「いや、俺は吉兵衛から頼まれたときは、お前たちの企みなんか知らなかったわけで」

左内が咳払いするのを見て、お沙夜はくすっと笑った。

「亮吉さんと企みの話をしているのを、聞かれたとか」

「いいえ、人が居るようなところで、そんな話なんかしやしませんよ」

ふむ、と左内が首を捻る。お沙夜はさらに問いを重ねた。

「企みそのものじゃなくていいんだ。何か、それに関わることを大家さんに話したことは」

お沙夜にじっと見つめられ、お万喜は考え込んだ。三人とも、しばらく黙った。

「あ……もしかして、あれかな」

お万喜が、急に手を叩いて言った。

「兄さんが、棚倉屋の火事のことをあちこち聞き回った話、したでしょう。大家さんにもね、甲州屋と棚倉屋の関わりについて、兄さんが尋ねたことがあった。思い当たることって、それだけです」

「甲州屋の名前を、そのとき出したのね」

お万喜が、はい、と答えると、お沙夜は左内に向かって頷いた。

「あともう一つ。吉兵衛さんの家は確か……」

「ええ、うちのすぐ表側です」

「あんたと亮吉さんは、最初からこの家に？」

「え？　いいえ、初めは向かい側の棟に居たんですけど、あっちは日当たりが悪くて。大家さんに何度かこぼしたら、こっちに替えてくれたんです」

「それ、吉兵衛さんに甲州屋と棚倉屋のことを聞いた後なの」

「え、ええ……どうだったかな……あ、確かに後です。そうそう、四、五日後だったと思います」

そこでお万喜は、はっとした顔になり、吉兵衛の家の方を振り返った。お沙夜の方に顔を戻したときは、顔色がいくらか青ざめていた。

「あの……姐さん、もしかして、そういうことなんですか」

「どうやらね。これで、大方の筋書きが読めて来たよ」

お沙夜は左内に目配せした。左内が立ち上がった。

「さて、それじゃあ吉兵衛に借りた例の五両、返しに行くとするか」

左内が外へ出ると、お沙夜もお万喜に「邪魔したね」と言って後に続いた。部屋には当惑したままのお万喜が、一人残された。


お沙夜と左内は、お万喜の家を出ると、そのまま表側に回って吉兵衛の住まいの戸口に立った。

「吉兵衛さん、居るかい。俺だ。鏑木だ」

そう呼ばわると、はいはいと声がして、戸が開けられた。

「おや、これはお沙夜さんも。どうしましたかな」

お沙夜は吉兵衛の後ろを覗き込んだ。戸口の様子を見ていた吉兵衛の女房が、微笑んで会釈した。

「遅くなって済まんな。亮吉の借金を肩代わりしてくれていた分の五両だ」

左内は吉兵衛に紙包みを差し出した。吉兵衛は、ちょっと驚いたように紙包みに目を落とした。

「おやおや、これはご丁寧に」

吉兵衛は両手で押戴き、中を改めもせずに懐に入れた。

「わざわざお届け下さいまして……」

そう礼を述べかけた吉兵衛を遮るように、お沙夜が言った。

「ちょっと出ましょう。話があります」

これからする話は、吉兵衛の女房の前ではできない。吉兵衛は怪訝な顔をしたが、承知しましたと言って外に出て来た。

松永町の東側は、堀を巡らせた藤堂家の屋敷である。三人はその堀に沿って歩き、人通りが途切れたところで立ち止まった。

「吉兵衛さん、大高屋さんとはどんなお付き合いですか」

「はい？　両替商の大高屋さんですか。いえいえ、本両替の大店などと、私のような者が」

唐突な問いに戸惑いを見せたものの、吉兵衛は笑ってかぶりを振った。

「昨日、裏口から大高屋さんに入ったようだが」

左内が言うと、吉兵衛は眉を上げた。

「おや、見ておられましたか。いえ、あれは大高屋の奉公人に知り合いが居りまして、ちょっと用事ができたので訪ねて行ったのです」

「知り合いが？」

「はい、昔からの知人の子が、手代をしております。その知人が近頃臥せっていると聞きまして、様子を尋ねがてら見舞いをことづけようと」

筋の通った話だった。お沙夜は顔を強張らせたが、すぐ話を変えた。

「お万喜の住んでる部屋、お宅の真裏ですね」

「ああ、はい。確かにそうですが」

「別棟に居たのを、入れ替えてあげたそうですね」

「ええ、日当たりが悪いと前から言っていたので」

「何か、部屋替えのきっかけでもありましたか」

「きっかけ、ですか。いえ、特には。たまたま空き部屋でしたし」

「あの部屋はずいぶん前から空いてたようですね。だったら、もっと早く部屋を替えてあげたら良かったのに」

「ああ、もっともです。気が利かなかったことで、申し訳ない」

「気が利かないなど、あなたらしくない。やはり、きっかけがあったのでしょう」

食い下がられた吉兵衛は、いくらか困惑した様子だ。

「そのように、きっかけと言われましても」

「亮吉さんが、甲州屋について何か嗅ぎ回っている、と知ったのがきっかけでしょう。真裏の部屋なら、いつでも盗み聞きができる。あなたは亮吉兄妹が甲州屋に何をしようとしているのか、それを探ろうとしたんですね」

「おや、これは妙なことを。私がそれを探り出して、何の役に立つんです」

「誰かのお指図だったのでは」

吉兵衛は、それには答えなかった。

「あなたは鏑木さんに亮吉さんの借金のことを伝え、何とかしてやってと頼んだ。あれは、亮吉さんの甲州屋への企みを知って、私たちを巻き込もうとしたからでしょう」

「はて、巻き込むなどと。私は人助けをお願いしただけ。結果としてどのように巻き込まれたのか存じませんが、それはあなた方次第のお話ではございませんか」

「それはそうかも知れません。でも、お万喜はあなたに勘造への借金のことは、話していないと言っています。では、あなたはどうやって知ったのか。盗み聞き以外には考えられないでしょう」

「真裏ですから、話し声が耳に入ったかも知れません。それを盗み聞きと言われるなら、仕方ございませんね」

吉兵衛は悪びれもせず、微笑を張り付かせたままで言った。お沙夜は苛立ったが、これ以上の攻め口はなかった。

「あなたは、誰のために働いているんですか」

吉兵衛は、笑みを絶やさぬまま答えた。

「無論、家主さんと店子の皆さんのためです」

「さるお偉いお方のために、ではございませんか」

「どのようにお思いになっても差し支えございませんが、私はただの大家でございます」

お沙夜は黙って吉兵衛の顔を睨んだ。その顔からは、愛想のいい笑み以外に何も見つけることはできなかった。

三

浅草寺の門前は、浅草寺に属する数々の塔頭《たっちゅう》、参詣客を当て込んだ宿屋や茶屋が集まり、終日賑わっている。だが裏手になる北側や西側は、少し離れると田地が広がり、だいぶ鄙びた様子に変わる。さらに北側には吉原があり、そこにはまた別の賑わいがあるのだが、今お沙夜が目にしているのは、それとは縁遠い静かな町外れの風景であった。

お沙夜の目の先には、大きな池と、そこへ流れ込む小川がある。その池の縁に、床几に腰を下ろして釣り糸を垂れている一人の侍が居た。編み笠を被っているため、顔は見えない。着ている着物と腰の物は相当に立派で、軽輩でないことは一目でわかる。羽織にも釣り道具にも、紋所らしきものは付いておらず、何者とも知れなかった。

池の周囲には、他に人影は見えない。ずっと先の方に田地を抜けて吉原の方へ向かう道が通っていて、そこを歩く者が時々目に入る他は、野良仕事をする百姓の姿が垣間見えるだけだ。

だがお沙夜は知っている。この釣り人を取り囲むように、何人もの侍が物陰に潜んでいることを。

それを承知で、お沙夜は池の方に進んだ。進んでいくと、物陰で人が動く気配がした。釣り人から十間ほどのところまで近寄ると、松の木の下の茂みから、侍が一人、立ち上がった。続いて、道祖神の陰からもう一人。他に、少なくとも四人の視線を感じた。

お沙夜が歩き続けると、二人の侍は一歩踏み出し、刀の柄に手を掛けた。お沙夜は、止まろうとしない。侍の顔に、緊張が走った。

「よい。そのまま通せ」

編み笠の釣り人が、振り向きもせずに声を出した。二人の侍は刀から手を離し、すぐにもとの場所に退がった。

お沙夜は、そのまま釣り人に歩み寄った。そして一間ほど手前で立ち止まると、腰を折って一礼した。

取った。

「御前《ごぜん》様」

お沙夜は釣り人に、そう声をかけた。釣り人が竿を持ったまま、片手で編み笠を

「しばらくだな」

前老中首座《さきのろうじゅうしゅざ》、松平越中守定信はちらりとお沙夜を見て、微かに頷いた。

「このようなところまで、釣りにお出ましですか」

お沙夜はさらに一歩進み、定信の傍らに腰を下ろした。定信の住む陸奥白河藩上屋敷は、八丁堀の西側にあり、ここからは一里半ほども離れている。

「静かなのでな。邪魔が入らぬ」

釣りの邪魔、というのではなく、思索の、ということだろう。或いは、誰かと内々で会うことの。

「何用かな」

定信は、釣り竿の先に目を向けたまま問うた。

「磯原藩と、甲州屋についてです」

定信の釣り竿は、微動だにしなかった。定信は、短く応じた。

「それで」

「早くから、知っておいでだったのですね」

　定信は答えなかった。釣り糸が、微かに揺れた。

「御前様は、甲州屋が磯原藩に近付こうとしていたのを、耳に入れておられたのでしょう。甲州屋が、いずれ幕閣に深く繋がり、江戸の材木問屋を統べる立場に成り上がることを夢想していたのも、ご承知だったのではございませんか」

　お沙夜が言葉を切ると、しばし沈黙が流れた。やがて、定信が言った。

「何故そう思う」

「大高屋さんです」

　釣り糸が、また微かに動いた。再び少しの沈黙があった。

「大高屋が、どうかしたか」

　お沙夜はその言葉に、微笑んだ。

「やはり、大高屋さんをご存知でしたか」

　定信の目が、はっとしたように動いた。

「知っておる。出入りの両替商じゃ」

「私のところに、常磐津を習いに来られています」

「左様か」

「それも、ご存知でございましょうに」

水面で、魚が跳ねた。定信とお沙夜の注意が、ほんの一時、そちらに向いた。鮒か何か、だったろうか。

「何が言いたい」

定信の方から聞いた。お沙夜は、口元に小さく笑みを浮かべた。

「先日、常磐津の稽古の後、大高屋さんは磯原藩から八千両の借り入れを持ちかけられたこと、甲州屋さんがそれに乗り気だということを、話して行かれました」

お沙夜はちらりと定信の反応を窺った。定信は、何の表情も見せない。

「甲州屋の主人は、火事に遭った棚倉屋を引き継いだことで、何かと噂のあった人です。それで少しばかり探りを入れ、八千両については大高屋さんのお話の通りだとわかりました。でも、どうして大高屋さんはそんな話を私にしたんでしょう。常磐津の師匠なんかに、話すことではありませんね」

定信は黙ったままだ。釣り糸も動かない。お沙夜は先を続けた。

「ではもう一つ。神田の長屋に、ある兄妹が居ました。この兄が、ふとしたことから甲州屋の昔の悪事を知り、強請りを働こうとしたのです。兄は強請りにしくじり、甲州屋たちに殺されてしまいましたが、私の仲間が兄妹と関わりを持ったことで、私たちもやがて、その悪事について知るところとなりました」

「その悪事とは」

定信が興味を引かれたように、尋ねてきた。

「はい、昔八王子に近いある村で、夫婦者が殺され、有り金を奪われた上、家に火をかけられたのです。まだ幼い娘は助かりましたが、手籠めにされました。親切心から泊めてやった旅の者が、強盗に豹変したのです」

「それは酷《むご》いな」

定信は、眉間に皺を寄せた。

「酷いことです。その下手人が、甲州屋の主人嘉右衛門と、番頭の正蔵という男でした。兄妹は生き残った娘のことを、たまたま知ったのです」

「その娘は、どうした」

「正蔵に、口封じのため殺されました」

　お沙夜は、自分でも顔が強張るのがわかった。正蔵の所業には、思い出すだけで怒りが湧いてくる。定信も、顔を顰めた。

「非道な。畜生にも劣る」

「下手人どもは、既に罰を受けております。お心安らかに」

　定信は、ふむ、と頷き、釣り糸に注意を戻した。だが、お沙夜の話は終わっていない。

「私たちは、兄妹の妹の話から、兄が甲州屋を狙っていたと知り、そこから手繰っていろいろな人から話を伺いました。大高屋さんから甲州屋と磯原藩のことを聞いたすぐ後でしたので、甲州屋に興味を引かれたのです。その結果、甲州屋と正蔵のやった恐ろしい罪が、見えて来ました。しかし、妙ではございませんか」

「何が妙だと言うのかな」

「大高屋さんと強請りの兄妹。甲州屋に深く絡む話が、私のところへ同時に二つ。間が良過ぎるとは思われませんか」

「偶然であろう」

「偶然は、なかなか重なるものではございませぬ」

定信は、ふっと溜息を漏らした。

「何故儂にそのような話をする」

「私たちを兄妹に関わらせたのは、兄妹の住む神田の長屋の大家、吉兵衛です。この人は、大高屋さんに出入りしているのがわかりました。当人は、大高屋さんでなく手代が知り合いなので、その手代に会うため出入りした、と言っています。信じ難いですが、口裏は合わせているでしょう」

「ほう。では、その吉兵衛とやらは大高屋に会いに行ったに違いない、と申すのか」

定信の様子が、微妙に変わった。無表情だったのが、今はどこか楽しんでいるように見える。これは、吉か凶か。

「こう考えてはいかがでしょうか。吉兵衛と大高屋さんは、互いに知り合いで、私たちの目を甲州屋に向けさせるため、示し合わせてそんな手を使った、と」

「それはちと、奇妙に聞こえるな。何のためにそんな手の込んだことを」

「私たちに甲州屋を成敗させるため、ではございませんか」

「成敗か」

定信の口元に、微かな笑みが浮かんだ。

「甲州屋と申す者、確かに天の裁きを受けねばならぬ輩であったようじゃな」

「それが、御前様の御意向だったのですね」

「はて、儂は裁きを云々する立場ではない。老中でもなければ、神でもないぞ」

「それは、おっしゃる通りでございます。ですが、それだからと言って何もなさらない御前様ではありますまい」

お沙夜は、愛想など抜きで真っ直ぐ言った。定信が、ちょっと眉を動かした。

「磯原藩。引いては、水野大和守様。違いますか」

定信は、またしばし黙った。当りがあったのか、さっと竿を上げた。釣り針の先には、何もかかっていない。定信は竿を軽く振り、釣り針を水に投げた。水面に波紋が広がった。お沙夜は、ただ待った。

波紋が消えた頃、定信は口を開いた。

「出羽と大和は、違う」

定信の言わんとするところを察し、お沙夜は小さく頷いた。水野出羽守忠友は生真面目で、定信もそれなりに信を置いている。一方、婿養子大和守忠成は出羽守以上に有能ではあるが、考え方は田沼に近い、と見ているのだ。

「大和も、磯原藩の主計頭も、賄賂を拒まぬ。寧ろ、賄賂を堂々と受け、その金を上手に生かすのは決して悪いことではないと、そう思っておる節がある」

「金は生きもの。生かして使わねば死に金。そういうことですか」

それだけ聞けば、正しいことに思える。だが同時に、賄賂を正当なものと錯覚させる考えにもなる。

「田沼主殿頭が死んでもう七年じゃ。しかし、主殿の流れを汲む者は、少なくない。主殿の亡霊は、まだまだ徘徊しておる」

定信は、苦々し気に言った。

「政は、堅くあらねばならぬ。背伸びをすれば、無理がかかる。人は身の丈に合った生き方をせねばならぬ。それが、正道というもの」

定信は釣り竿の先を真っ直ぐ見ながら、そのように言い切った。しかしお沙夜は思う。身の丈に合った枠に閉じ込められた生き方が、本当に人の幸せに繋がるのか。

(白河の清きに魚も住みかねて、か)

金は生きもの。商人の大半は、そう考えているはずだ。枠にはめ過ぎれば、金は死ぬ。枠を破ろうとする者たちは、水野大和守のような考えの持ち主に、これからも近付いていくだろう。定信には、それが我慢ならないのだ。

「甲州屋のような非道の者が力を持つなど、あってはならぬのだ」

やはり定信は、早いうちから甲州屋のことを知っていたのだ。それを耳に入れたのは誰か。おそらく、江戸市中に放たれている密偵たちであろう。喜八長屋の、吉兵衛のような。

それでも、御白州に出せるような証しは、得られなかったのだ。であれば、今の定信の立場では、奉行所を直に動かすことは難しい。

「それで、吉兵衛から伝えられた話を利用するため、吉兵衛と大高屋さんを動かして、私たちに甲州屋のことを知らしめたのですね。私たちが、甲州屋に何か仕掛けるに違いない、と見越して」

定信は、ふむ、と呟きを漏らしただけだった。

「見せしめ、でございますか」

甲州屋を潰し、その末路を水野大和守らに近付こうと考える連中に見せつける。そうやって、二の足を踏ませようというわけだ。お沙夜は唇を引き結んだ。正道云々だけの話ではない。定信としては、大和守たちの力が増していくのを、黙って見ているわけにはいかないのだ。

「甲州屋と番頭は、獄門こそふさわしい者ども。そうではないか」

それについては、お沙夜も異論はない。「はい」と頷いた。

「儂に使われたことが、気に入らぬか」

「はい」

お沙夜は、遠慮なく答えた。定信は、苦笑した。

「良かろう。儂は、手の者と大高屋を使った。しかし、話を聞いてどうするか決めたのは、そなた自身じゃ」

「詭弁でございましょう。私たちがどう動くか、あらかじめ見当を付けて事をお始めになったのは、明白です」

「そうか」

定信は、肩を竦めるような素振りを見せた。竿の先が、ぴくんと動いた。定信は、竿を引いた。釣り針の先に、掌で包めるほどの小魚がかかっていた。定信は釣り糸を寄せ、その魚を見た。それから竿を置くと、両手で魚を釣り針から離し、水に投げた。小魚はすぐに泳ぎ、見えなくなった。

「奉行所にも、火付盗賊改方にも、一切話すつもりはない」

さも当然、という風に定信が言った。

「八千両も、好きにするがいい。それで良しとせよ」

「八千両、お見逃しになりますか」

「どうせ儂の金でも、幕府の金でもない」

お沙夜は、ふっと笑った。

「それは、幾ばくかなりとも、私に負い目を感じておいでだ、ということでございましょうか」

「付け上がるでない」

定信は、口元を歪めた。お沙夜は、また笑った。

「まあ、悪いお話ではございませんね」

そう言うと、お沙夜は立ち上がった。知りたいことはわかった。これ以上、ここに居る理由はない。

「ですが御前様。知らぬ間に他人様《ひとさま》の思惑で動かされるのは、やはりご免蒙りとうございます」

最後にお沙夜は、それだけ言って一礼した。定信は、小さく唸っただけであった。

お沙夜は振り向きもせず、池を後にした。定信の警護の侍たちは、姿を見せず視線だけでお沙夜を追って来た。二十間ほども離れると、安堵したのか視線は消えた。

もう少し歩くと、土塀の陰から人影が現れ、お沙夜の前に出た。

「どんな塩梅だ、お沙夜さん」

鏑木左内だった。お沙夜は左内に、頷いて見せた。

「思った通りだった。やっぱりあのお人の企みだよ」

「狙いは、水野大和守か」

「らしいね」

「うまく使われたわけだ」

左内は、ふん、と鼻を鳴らした。

「今の公方様は若い頃に御三家やら周りから押し付けられた重臣を、遠ざけたがってるって話だ。だから越中守様をまず老中から降ろした。古手の番頭ってのは、鬱陶しいもんだからな。それに対して、新顔の水野大和守たちは子飼いの家臣みたいなもんだ。いきおい、覚えがめでたくなる。越中守様は、焦っておられるのかも知れんな」

訳知り顔で言う左内に、お沙夜は面白くなさそうな顔を向けた。

「お偉方同士の足の引っ張り合いなら、勝手にやってもらいたいもんだね」

「まったくだ」

左内も苦笑しながら、頷いた。

「それにしても、大高屋はともかく、吉兵衛はなあ」

左内は腕組みし、残念そうに首を振った。

「吉兵衛のこと、どうする。放っておくのか」

「密偵だってことがばれたわけだから、この後どうするかはむこう次第でしょう。こっちとしては、正体がわかってるんだから、都合によっては利用すればいいし」

「密偵と承知で、そのまま付き合うのか」

左内が驚いて言った。

「誰ともわからない相手に見張られるよりは、いいじゃない」

「狐と狸の化かし合いになりそうだな」

お沙夜が面白がっているので、左内は呆れたように溜息をついた。

「越中守様の方からは、こちらには手を出さないと？」

「そのようね」

「では、昔のことは……」

「それを、あのお方と話し合うつもりはない」

お沙夜はぴしゃりと撥ねつけ、左内に後を言わせなかった。

「このまま、続けるのか」

いくらか困惑した態で、左内が控え目に聞いた。お沙夜は、深く頷いた。

「もちろん」

「しかし、姫……」

お沙夜が振り向き、夜叉のように左内を睨んだ。左内はぎくりとし、慌てて口に手をやった。

「申し訳ない」

左内が頭を下げると、お沙夜は表情を緩めた。

「まあ、これで八千両については心配いらない。この辺にしておきましょう」

「これからどうする」

「そうねえ。祝杯ってほどでもないけど、取り敢えず一杯やりましょうか。彦さんとお万喜も呼んでね」

そう応じて、いくらか気分が良くなったお沙夜は、左内を従えて浅草の方へ足を向けた。行く手の方から、浅草寺門前の喧騒が、微かに響いてきた。

解説

細谷正充

ヤマモトコウジという名前を耳にしたとき、あなたは誰を思い出すだろう。俳優の山本耕史、元プロ野球選手の山本浩二、お笑いコンビ・タイムマシーン3号の山本浩司……。人によって違うだろうが、私の場合は山本巧次である。時代ミステリーの有力な書き手として、真っ先に頭に浮かぶのだ。

山本巧次は、一九六〇年、和歌山県に生まれた。中央大学法学部卒。小学生の頃からの、筋金入りの鉄道マニアであり、関西の鉄道会社に就職する。読書も、小学生時代からの趣味であった。二〇〇八年、東京に単身赴任する予定だったが、それが延びたことにより休日などが暇になり、創作活動を始める。二〇一四年、第十三回『このミステリーがすごい！』大賞に応募した『八丁堀ミストレス』が、隠し玉に選ばれる。ちなみに隠し玉とは、「受賞には及ばなかったものの、将来性を感じた作品を、著者と協議のうえ全面的に改稿し、編集部推薦」として刊行する作品のことである。

かくして二〇一五年八月、タイトルを『大江戸科学捜査　八丁堀のおゆう』と改題し、宝島社文庫から刊行された。これが実にユニークな時代ミステリーなのである。なにしろ江戸の両国橋近くで暮らすヒロインのおゆうは、ミステリー・マニアの元ＯＬなのだ。家の納戸にあるタイムトンネルをくぐって、現代と江戸時代を行き来しているのである。南町奉行所定廻り同心・鵜飼伝三郎の手助けを幾度かしたことのあるおゆう。なぜ、そんなことができるのか。現代の科学捜査の力を使うことができるからだ。

現代の日本人が、東京と江戸を往来する。このアイディアを使った作品はすでに存在するが、ミステリーにしたのは作者の独創だ。いままでにない時代ミステリーとして、楽しく読むことができた。それは多くの読者も感じたのだろう。たちまち人気作となり、すぐにシリーズ化されたのだ。第四弾では、それまでのシリーズのパターンを変えてくるなど、一冊ごとの創意工夫も凝らされている。二〇一八年現在、第五弾まで刊行されているが、まだまだ人気を集めるシリーズとなることだろう。

その一方で作者は、さまざまな傾向の作品も発表している。二〇一七年には『開化鐵道探偵』『阪堺電車177号の追憶』と、二冊の鉄道ミステリーを上梓。前者は明治十二年、後者は昭和八年から平成二十九年までを舞台としており、近・現代を背景にした時代ミステリーにもなっている。ついでに付け加えると、『開化鐵道探偵』に登場する藤田伝三郎の、一捻りした使い方が面白い。作者は刊行時インタビューで、

「藤田伝三郎は実際に関西での鉄道建設を請け負っており、一睨みで工夫を仕切れる大親分、という格好で登場してもらいました。藤田組（作中では藤田商店）の存在は、非常に大きかったんです」

と述べている。藤田組贋札事件で有名な伝三郎だが、そちらに色目を使うことな

く、彼の鉄道とのかかわりに注目したのは、まさに鉄道マニアの面目躍如たるものがある。

そして二〇一八年の『軍艦探偵』は、戦前から戦中にかけ、実在及び架空の軍艦に乗り込んだ海軍主計士官が、さまざまな謎を解く連作だ。戦闘シーンの迫力も、特筆すべきものがあった。これまた過去を舞台にしており、時代ミステリーとして楽しむことができるのだ。

このように時代ミステリーにこだわり続けている作者だが、扱う時代も題材も幅広い。次は何を見せてくれるのかと思ったら、予想外なものを持ってきた。文庫書き下ろし長篇の本書『江戸の闇風』に投入されているのは、なんと「必殺」シリーズである。

ご存じの読者も多いだろうが、「必殺」シリーズについて、簡単に説明しておこう。池波正太郎の「仕掛人・藤枝梅安」シリーズを原作にしたテレビドラマ『必殺仕掛人』が、一九七二年から放送された。原作とはいささかテイストが変わっているものの、金を貰って人を殺す〝仕掛人〟が、許せぬ外道を誅するストーリーは、視聴者の熱狂的な支持を獲得。以後『必殺仕置人』『助け人走る』『暗闇仕留人』等、一連のドラマが作られ、「必殺」シリーズと呼ばれるようになる。その「必殺」シリーズを、山本巧次はいかに活用したのか。まずはストーリーを紹介しよう。

寛政の改革を行った松平定信が老中の任を解かれ二年ほど経つが、まだ不景気なままの江戸。神田仲町の長屋で常磐津の師匠をしている文字菊ことお沙夜は、稽古の終わった両替商の大高屋藤兵衛から、世間話を聞く。磯原藩が八千両を貸してくれる相手を探しており、深川の材木屋「甲州屋」が、それに応えるというのだ。さらにお沙夜は、隣に住む職人の彦次郎から、情報を手に入れる。甲州屋は、もともと棚倉屋という店であった。しかし七年前に火事が起こり、主人夫婦と娘が焼死。棚倉屋に婿入りする予定だった甲州屋が店を継ぎ、看板を変えて今に至るという。これに興味を惹かれたお沙夜は、彦次郎に甲州屋を嗅ぎまわるように命じた。

そのすぐ後に、隣の長屋に住む浪人の鏑木左内が、お万喜という娘を連れて現れた。兄の亮吉の作った博奕の借金のカタに、岡場所に売られそうになったお万喜。しかし兄妹の暮らす長屋の大家が好人物で、左内に話をつけるよう依頼した。深川で賭場と岡場所を持つ勘造のもとに乗り込み、お万喜を救い出した左内だが、その後のことを考えておらず、とりあえずお沙夜のところに連れてきたのである。しかし、お万喜の様子がおかしい。問い詰めると、勘造の金を盗むため、兄妹で企んだことだという。呆れてお万喜を諭すお沙夜であった。

ここまでがプロローグといえようか。複数のやりとりを通じて、お沙夜・彦次郎・鏑木左内の三人が仲間で、盗みも辞さないような、アンダーグラウンドの住人であることが伝わってくる。そして亮吉が殺されると、物語は大きく動き出す。兄妹の狙いは勘造の金ではなく、甲州屋の主人の嘉右衛門を強請るネタを手に入れることであった。強請りのネタを握っているのが、勘造の店にいるお夏という女だと知ったお沙夜。だが、お夏も殺されてしまう。怒りを抱いたお沙夜たちは、真相を追って走り出す。

早い段階で明らかになるので書いてしまうが、お沙夜たちの敵は甲州屋である。七年前の火事のみならず、さらにその前にも凶悪な事件を起こしていた甲州屋。その事実にお沙夜たちが肉薄していく。しかし第二章になると甲州屋の視点が入り、磯原藩に貸す八千両を集める算段に加え、いち早くお沙夜たちの存在を察知したことが描かれる。ここに至って、本書が「必殺」シリーズだと確信した。登場人物の幾つかの名前から、「必殺」シリーズを連想していたが、ストーリーもそうである。

殺し屋でこそないものの、アンダーグラウンドの住人であるお沙夜たちが、外道をやっつけるために仕掛ける。

「これは底なしの外道の所業だ。絶対に許さない」

と、無残に殺された者たちのために怒るお沙夜だが、金儲けも忘れない。主人公は、情けと慾で動くのだ。この構図は、「必殺」シリーズそのものではないか。終盤のお沙夜のチャンバラ・シーンなど、「必殺」シリーズでお馴染みの大女優を彷彿とさせる。「必殺」シリーズのファンならば、終始、ニコニコとしながら読んでしまうだろう。いうまでもなく時代小説ファンもだ。

もっとも文庫書き下ろし時代小説には、「必殺」シリーズを意識した作品が、少なからずある。それでも本書が抜群に面白いのは、「必殺」テイストのストーリーに、がっつりとミステリーが組み合わされているからだ。甲州屋の視点は、彼らの内情を明らかにして、サスペンスを盛り上げるためにあるのかと思っていたら、急転直下の展開でビックリ仰天。このサプライズを最大限に引き出すために、甲州屋視点が必要だったのかと、作者の巧みな手腕に脱帽した。

しかし作者は、これで満足しない。お沙夜たちの仕掛けが発動した後に、ミステリーの面白さが屹立してくる。それも二段構えでだ。ネタバレになるので詳しく書けないが、裏の裏そのまた裏と、次々に明らかになる真実の果てに、作者は意外な人物を登場させる。これにより物語の世界が、一気に広がるのだ。『軍艦探偵』の終盤における、物語の広がりにも驚いたが、同じような感動が味わえる。ミステリーの意外性が、作品世界をジャンプさせるのだ。これは作者の優れた資質といっていい。だからミステリー・ファンにも、自信を持ってお薦めできる一冊なのである。

ところで本書のラストには、お沙夜に関して、非常に気になる一言が出てくる。いったいどういうことかと、考え込んでしまった。なので作者と出版社には、本書のシリーズ化を提言する。お沙夜たちの活躍を楽しみながら、ラストの謎が明らかになる日を、待ちたいのだ。

——文芸評論家

この作品は書き下ろしです。

幻冬舎時代小説文庫

●最新刊
怪盗鼠推参 三
稲葉 稔

表の顔は米問屋の居候、裏の顔は二代目鼠小僧の百地市郎太。相棒のお藤と旗本屋敷に忍び込んだその時分に古本屋で残忍な殺しが発生し、町方の大谷木から下手人の疑いをかけられてしまう。

●最新刊
悪党町奴夢散際
乾 緑郎

慶安三年。町人の悪党集団「町奴」の頭領・幡随院長兵衛が殺害されたのをきっかけに、対立する旗本の悪党集団「旗本奴」と町奴の間で抗争が勃発。一気読み必至の江戸版「仁義なき戦い」!

●最新刊
追われもの二
孤狼
金子成人

日本橋の乾物問屋の倅だった博徒・丹次は優しい兄・佐市郎の窮状を知り決死の覚悟で島抜けした。江戸での兄捜しが行き詰まる中、ふと懐かしい悪友を思い出す。人情沁みるシリーズ第二弾。

●最新刊
天下一の軽口男
木下昌輝

時は江戸時代中期。笑いで権力に歯向かい、物真似や滑稽話で、天下一の笑話の名人と呼ばれた男がいた。名は、米沢彦八。彼は何故笑いに一生を捧げたのか? ぼんくら男の波瀾万丈の一代記。

●最新刊
遠山金四郎が消える
小杉健治

老中に楯突き、南町奉行を罷免された矢部定謙。北町奉行遠山金四郎は、友との今生の別れを覚悟する。一方、下谷で起きた押し込みの探索を指示する金四郎だが、事件の裏に老中の手下の気配が――。

幻冬舎時代小説文庫

江戸《えど》の闇風《やみかぜ》

黒桔梗裏草紙《くろききょううらぞうし》

山本巧次《やまもとこうじ》

平成30年12月10日　初版発行

発行人——石原正康
編集人——袖山満一子
発行所——株式会社幻冬舎
〒151-0051東京都渋谷区千駄ヶ谷4-9-7
電話　03(5411)6222(営業)
　　　03(5411)6211(編集)
　　振替00120-8-767643
印刷・製本—中央精版印刷株式会社
装丁者——高橋雅之

幻冬舎時代小説文庫

ISBN978-4-344-42823-2　C0193　　や-42-1